KB079333

나의 꿈
그리고
나의 길

나의 꿈
그리고 나의 길

My Dream and My Way

어느 시골 목사 아내의
그칠 줄 모르는
호기심과 도전하는 삶

글 · 윤정희

좋은땅

자기 계발 기회를 스스로 개척한 제자

청운의 꿈을 품고 젊은 패기와 의욕이 넘쳤던 나의 청년 교사 시절에 만난 첫 제자로부터 반세기 만에 연락이 왔다. 50여 년 동안 스쳐 간 인연 중 간혹 동창회 때 초대되어 만난 적은 있었지만, 그 오랜 세월이 지난 후 60대 후반의 옛 제자와의 재회를 생각하니 반갑고 설렜다.

'쌍갈래 머리를 했던 초등학생 정희를 알아볼 수 있을까? 어떤 모습으로 성장했을까? 어떻게 살아왔을까?' 궁금함이 한가득했다. 정희를 약속 장소에서 만났다.

"선생님, 뵙고 싶었어요." 만나자마자 내 손을 꼭 잡는 제자 정희의 말과 행동에 가슴이 뭉클했다. 50년 만의 재회였다. 초등학교 소풍 때 선생님과 함께 찍었던 빛바랜 사진을 갖고 나온 정희의 정성에 감격했다. 작고 낡은 흑백 사진 한 장이었지만, 그 시절 모든 것을 회상하는 데, 충분했다.

제자 부부와 우리 부부는 맛있는 점심을 먹으면서 시간 가는 줄 모르고 이야기꽃을 피웠다. 그리고 우리들의 이야기는 1970년도 6학년 3반으로 향하고 있었다. 유난히 똘망똘망한 눈빛과 무엇을 하든 잘해 내며 영리했던 정희는 항상 교실에서 모범생이었다. 그런 정희가 초등학교 졸업을 앞두고 중학교 진학을 못 하게 되었다. 본인은 물론 담임교사인 나도 안타까움이 컸다. 며칠을 고민하다가 두뫼산골 외딴 터에 거주하시던 정희 부모님을 뵙고 정희의 진학에 관해 말씀드렸다. 가정 형편상 정희의 중학교 진학은 사실상 어려운 난관에 봉착했다.

그러나 뜻이 있는 곳에 길은 있다고 했던가? 때마침 감리교 선교사가 온양에 삼화여자중학교를 설립하여 학생 모집이 있었다. 그리고 그 학교 관계자분과 6학년 담임들과의 면담 기회가 있었다. 기회는 이때다 싶어 모범생 제자 정희를 장학생으로 추천했다. 덧붙여 진심으로 진학이 필요한 학생임을 간곡히 부탁했다.

그 후 정희는 삼화여중 장학생 선발 고사에 응시 후 당당히 합격하여 장학생으로 중학교에 입학했다. 어려운 환경에서 자란 정희의 배움의 가교 역할을 한 담임으로서 교직의 기쁨과 보람을 느꼈다. 나는 이를 발판으로 가정 환경이 어려운 제자를 돕자는 교직관을 세우게 되었다. 그리고 아득한 반세기 동안 추억으로 고이고이 묻어 두었다.

정희가 미리 보내 준 몇 편의 이야기를 읽어 보았다. 지난날 많은 시련과 고난을 발판 삼아 자기 계발과 자아실현을 위해 도전하고 꿈을 실현해 나가는 제자 정희의 이야기에 나는 놀라움과 자랑스러움이 교차되었다.

'배우고 때때로 익히면 기쁘지 아니한가.'라는 공자의 말씀이 곧 정희의 삶을 일컫는 말인 것 같다. 정희가 올곧게 성장하여 진취적인 생활을 할 수 있었던 것은, 정희가 어릴 때부터 가졌던 믿음 즉 신앙의 힘이었다고 생각된다.

또한, 이렇게 끊임없이 배움과 자아실현을 이뤄 가는 정희의 옆에는 늘 칭찬과 격려를 아끼지 않았던 남편인 덕산제일감리교회 김만오 목사의 역할이 컸다고 생각한다. 함께 기도하고 함께 삶을 개척하며 채워 나간 참다운 부부의 인간 승리 다큐멘터리라 생각된다.

이 글은 1958년에 태어나, 시련과 고난을 이기고 삶을 성공이란 이름으로 일구어낸, 사랑하는 제자의 역경을 극복한 체험적 에세이다. 언제나 새로운 것에 호기심을 갖고 도전하는 제자를 글을 통해 만났다. 오늘날 물질문명의 풍요 속에 가치관 정립이 나약한 사람들에게, 특히 일부 청소년들에게 진한 감동과 울림을 줄 수 있는 디딤돌이 되기를 바라는 마음으로 이 책을 권장한다.

2023.09.04. 맹현영

노력과 일관성을 닮고 싶습니다

글은 그 사람이 마음에 담고 있는 생각·사상·신념·사물을 접하고 느끼는 감정, 사람을 대하는 태도 등 그 사람을 전체적으로 보여 주는 거울과도 같다. 그러므로 어떤 작가의 글을 읽어 보면, 그 사람의 내면에 있는 소리가 들리기도 하고 내 생각과 비교도 하게 된다. 때로는 내 생각과 다르다는 반론을 제기할 수도 있다.

자신의 정체성을 담아내는 그릇과도 같은 한 편의 글을 써서 다른 사람에게 공개한다는 것은 무척 어렵고 힘든 일이다. 더욱이 글 쓰는 사람이 공인이라면 글에 대한 사회적 영향력뿐만 아니라, 자신이 표현한 것에 대해 책임져야 하는 일이기에, 더욱 신중할 수밖에 없기 때문이다.

특히 자서전은 자신이 살아온 발자취를 돌아보며 마음에 담아 두었던 추억들과 또 함께 시간을 보낸 수많은 사람과의 관계 속에서 감사·기쁨·행복의 순간들과 때로는 아쉬움과 외롭고 힘든 시기를 회상하면서 스스로 자신의 삶을 정리하는 성격을 갖게 된다. 이처럼 어렵고 힘든 자서전 글쓰기에 용기를 내어 도전하는 윤정희 사모님께 아낌

없는 격려와 응원의 박수를 보낸다.

　오랫동안 교회에서 보아 온 사모님의 인생은 넘기 어렵고 정복하기에 불가능할 것 같은, 다른 한편으로는 남들이 보면 무모함이나 다름없는 일에 기꺼이 용기 내어 개척하는 도전의 역사였다.

　물론 저자분에 대해 다 알지는 못한다. 함께 공부하면서 보아 온 윤정희 사모님은 일단 도전하고 싶은 것이 생기면 정확한 목표를 세운다. 그 목표를 달성하기 위하여 구체적인 실행 계획을 세운다. 세운 계획을 행동으로 차근차근 옮기며 쉼 없이 노력하며 달려가는 사람이다.

　개인적으로는 사모님의 영어에 대한 열정이, 잠자고 있던 나의 영어를 깨웠다. NIV 영어 성경을 함께 공부하며 그 열정에 감동했다.

　'Practice makes perfect.'를 늘 강조하던 것을 기억한다.

　글쓰기에 도전한다는 말을 처음 들었을 때, 나는 놀라움과 걱정이 앞섰다. 두 번째로 든 생각은 얼마나 재미있고 또 얼마나 다른 사람들에게 신선한 영향력을 끼칠 수 있을까 기대가 되었다. 걱정하지 않고 격려와 응원을 하기로 했다. 지금까지도 도전 정신으로 여기까지 왔으니 글쓰기를 잘 마무리하시리라 믿는다.

　몇 편의 단편을 읽어 보았다. 글의 내용이 서정적으로 진실하고 문장에 군더더기 하나 없이 간결하게 자신의 마음속에 간직되어 있는 추억들을 잘 표현했다.

　성실성으로 대변되는 김만오 목사님의 배우자로서, 또한 덕산제일

　　　　　　　　　　　　　　　나의 꿈 그리고 나의 길

감리교회의 목사 아내로서 여기까지 살아온 것을 모두 하나님의 은혜로 여기시는 감사의 말씀과 자녀들에게 당부하시는 말씀과 성도들에게 드리는 감사들이 모두 진심 어린 감사와 진정한 겸손으로 느껴져서 내 마음도 따뜻해졌다.

앞으로도 지금까지 해 오셨던 도전 정신이 식거나 줄어들지 않고, 배우고 싶고 이루고자 하는 모든 소망이, 주님이 주신 생명이 다하는 날까지 하나님의 뜻 안에서 모두 이루어가시기를, 어려웠던 모든 순간이 하나님께는 영광이요, 저자 윤정희 사모님께는 기쁨이 되기를 기도한다.

2023. 09. 10. 장로 이종오

나의 잠도 깨워 놓은 아내의 열정

내 아내의 삶의 발자취가 여기에 있다. 내 아내는 호기심이 참으로 많은 사람이다. 책상에 앉아서 하는 공부뿐만이 아니다. 호기심이 생기는 모든 것을 공부해야 할 것으로 생각한다. 사람들은 대개 호기심이 생겨도 일시적인 것일 뿐, 그 이상 아무것도 하지 않을 때가 많다. 아내는 호기심이 생기면 실천에 옮긴다. 아내는 실천할 때도 대충하는 것을 싫어한다. 반듯하고, 확실하게 하려고 노력한다.

아내가 영어 공부를 열심히 할 때 나는 매일 뉴욕과 런던을 오갔다. 집 안에만 들어오면 CNN이나 BBC WORLD가 켜져 있었다. 요즘에는 베이징이나 도쿄를 오간다. 아내는 그렇게 시간을 활용했다.

나는 아내가 소파에 느긋하게 앉아서 TV를 보는 모습을 거의 본 적이 없다. 잠시 보더라도 서서 본다. 아내는 집 안에서도 뛰어다닐 정도로 열심히 살았다. 현재도 그렇게 살고 있고, 분명 앞으로도 그렇게 살 것이다. 살림도 제대로 못 하고, 목회 내조도 제대로 못 한다고 가끔 자신을 자책하는 아내다. 그럴 때면 고비마다 용감하게 헤쳐 나온 아내를 생각하며 애처로운 마음이 든다.

아내가 자기 삶의 이야기를 쓴다기에 놀랐다. 내가 은퇴하면 자신의 삶을 정리하는 글을 써 보고 싶다고 말하기는 했다. 나는 아직 목회 현역에 있다. 그래서 글쓰기 교실이 있다는 것을 아내에게 말해야겠다는 생각조차 하지 않았다. 내가 설교 때 가끔 우리 집안 이야기를 예화로 들면, 아내는 그것을 별로 좋아하지 않는다. 집안 얘기 말고 다른 것으로 예화를 들면 안 되냐고 한다. 그런 아내가 자기의 삶을 글로 쓰는 용기를 냈다.

아내는 글을 써서 나에게 보여 주며, 첫 번째 독자가 되어 읽어 보라고 했다. 나는 아내가 쓴 글을 읽으며, 아내가 걸어온 삶의 발자취에 오히려 숙연해졌다. 아내의 글을 읽으면서 목이 메고 눈물이 나기도 했다. 아내의 삶과 비슷한 처지에 있는 사람이 아내의 글을 읽는다면, 용기를 갖게 되고 포기하지 않는 태도를 보고선 큰 힘을 얻을 수도 있겠다는 생각이 들었다. 아내는 자기의 삶을 돌아보며 하나님께서 자기의 길을 인도하셨음을 고백한다.

나는 이번 아내의 글쓰기를 통해서 또 다른 아내의 모습을 보았다. 글을 생전 써 보지 않던 사람인데, 어떻게 그렇게 습득력이 빠른지 놀랐다. 글쓰기 교실에서 배워 온 것을 그대로 적용했다. 처음 시작할 때는 어설펐다. 점점 발전하여 자기의 글을 제대로 써 나갔다. 아내의 집중력과 몰입에 나는 또 한 번 놀랐다. 얼추 4~5개월 만에 자신의 책을 한 권 만들어 냈다.

아내가 글쓰기를 시작하며 격려의 글을 써 달라고 했는데 못 쓰고 있었다. 차마 독촉은 못 하겠고 나의 눈치만 보고 있는 아내다. 지금은 새벽 세 시다. 준비성이 철저한 아내의 속 타는 마음이 나를 잠이 오지 않게 한 것이 틀림없다. 아내의 열정이 나를 잠 못 자게도 한다. 두 아들의 어머니로, 목사의 아내로 함께 동역하며 달려온 아내에게 칭찬과 격려를 보낸다. 아내가 하나님 나라에 가는 날까지 식지 않는 열정으로 내 곁에 있어 주기를 기도드린다.

2023.09.08. 남편 김만오

글쓰기를 시작하며

언제부터인가 나는 남편에게 말했다. 나중에 남편이 은퇴하고 시간 여유가 생기면 지나온 내 삶을 돌아보며 정리하는 글을 쓰고 싶다고. 그럴 때마다 남편은 "하나님께서 당신에게 200년의 수명을 주서도 당신이 하고 싶은 것 다 못 할 걸. 글 쓸 시간이 있겠어?" 하며 호기심 많은 나를 은근히 놀리곤 했다.

2023년 3월 어느 주일, 교회주보 소식란에 글쓰기에 관심 있는 사람은 담임목사님에게 문의하라는 소식이 올라왔다. '무슨 글쓰기를 말하는 거지?' 나는 생각했다.

그 후 까맣게 잊고 몇 주가 지난 어느 날, 한 성도와 함께 차를 탔다. 그런데 뜻밖에도 남편과 그 성도의 대화 내용이 주보 소식란에 실린 글쓰기에 관한 것이었다. 대화 내용으로 볼 때, 남편과 그녀는 그 글쓰기에 관해서 잘 알고 있는 듯했다.

"그게 뭐예요? 어디에서 하는 거예요? 무엇을 쓰는 거예요?"
주보 소식란을 보고 궁금했는데, 그동안 잊고 있었던 글쓰기가 생각난 나는 두 사람의 대화에 끼어들었다.

　나는 개강 후 몇 주가 지난 시점에서 진천군 평생학습센터에서 주관하는 글쓰기에 관해서 알았다. 남편은 나에게 권할 생각조차 하지 않았다. 내가 입버릇처럼 은퇴한 후에 글을 써 보고 싶다고 했었기 때문이다. 나의 글쓰기는 이렇게 지각생으로 시작되었다. 끝까지 완주할 수 있을지 자신이 없었던 나는 아무에게도 말하지 말라고 남편에게 신신당부했다.

　나는 초등학교 2학년 때 받아쓰기 빵점을 받았다. 남편은 교인이 한 명도 없이 개척교회를 시작했다. 내 앞에 있는 수없이 많은 난관을 극복하며 지금까지 달려왔다. 어찌 보면 나는 이 시대의 '불량 사모'일지도 모른다.

　나의 지나온 삶의 이야기를 몇 편의 글로 다 표현할 수는 없다. 글쓰기를 통해서 지난날의 나를 만나 품어 주고 다정하게 토닥여 주려 한다. 지금도 성장하기 위해 공부를 쉬지 않는 나의 이야기가 어느 누군가의 성장을 돕는 일이 된다면 보람되고 감사할 뿐이다.

Brick walls are there for a reason. The brick walls aren't there to keep us out. The brick walls are there to show us how badly we want things.

– Randy Pausch –

벽돌 벽이 존재하는 데는 이유가 있다. 벽돌 벽은 우리가 들어가지 못하게 하려고 존재하는 게 아니다. 벽돌 벽은 우리가 무언가를 얼마나 절실히 원하는지를 우리에게 보여 주기 위해 존재한다.

- 랜디 포시 -

목차

Chapter 1 성장기의 추억들

Chapter 4 운동도 공부다

Chapter 5 목사의 아내

Chapter 6 　배움은 필수 과목

Chapter 1

성장기의 추억들

딸 부잣집 넷째 딸

친정어머니는 다섯 명의 딸과 아들 둘을 낳으셨다. 나는 넷째 딸이다. 여섯째와 일곱째가 아들이다. 큰언니는 나를 업어 주느라 학교를 결석할 때도 있었다고 한다.

우리 집 옆에는 커다란 호두나무가 두 그루 있었다. 여름이면 호두나무에서 왕매미가 우렁차게 울었다. 언니들은 왕매미를 따라 소리 내며 놀기도 했다.

우리 집과 버스 찻길 사이에는 시원하게 흐르는 시내가 있었다. 언니들은 자주 냇가에 나가 멱을 감고 놀았다. 개울 한쪽에 커다란 바위가 있었다. 물과 닿아 있는 바위 아래쪽에 다슬기가 새까맣게 붙어 있었다. 언니들은 물장구치며 재미있게 놀았다. 나는 어려서 물속에 들어가지 않았다.

셋째 언니는 남자아이처럼 놀았다. 언니가 직접 썰매를 만들었다. 나에게는 앉아서 타는 앉은뱅이 썰매를 만들어 주었다. 언니는 남자애들처럼 서서 타는 썰매를 만들어서 탔다. 썰매를 만들 때 언니는 나를 일꾼처럼 부려 먹었다.

그래도 나에게는 언니가 든든한 울타리였다. 뒷집에 사는 남자애가 나를 괴롭힐 때마다 언니가 막아 주었다. 뒷집 남자애가 손톱으로 할 퀸 흉터가 지금도 내 얼굴에 남아 있다. 셋째 언니는 나를 보호해 주는 방패가 되었다.

나의 바로 아래 여동생은 기억력이 좋다. 나보다 두 살이 어리지만 어렸을 적 일을 더 많이 기억한다. 남자 동생을 보았다고 사랑도 많이 받았다.

내가 그렇게 어린 시절을 보냈던 곳은 충청남도 온양에서 공주 쪽으로 가는 중간 지점에 있는 작은 마을이다. 초등학교에 들어갈 나이가 되었을 무렵 부모님은 그곳을 떠나서 충청남도 아산시 신창면으로 이사했다.

아버지의 책 읽으시는 소리

내가 초등학교에 다니기 전에 아버지께서 하셨던 일을 나는 잘 모른다.

그러나 저녁이면 호롱불 아래에서 책을 읽으시던 모습은 기억한다. 아버지의 책 읽으시던 음성은 카랑카랑했다. 서당에서 글을 읽듯이 곡조를 붙여서 읽으셨다. 엄마는 책 읽으시는 아버지 곁에서 때로는 바느질을 했다. 어느 날은 뜨개질도 하셨다.

언니들과 나는 커다란 이불 속에 다 함께 누워서 아버지의 글 읽으시는 소리를 들으며 잠이 들었다. "관우, 장비, 유현덕은….", 삼국지에 나오는 이름들이다. 그때 아버지께서 책을 읽으시던 음성이 지금도 또렷이 들리는 듯하다.

아버지의 책을 읽는 습관은 서당 훈장님이셨던 할아버지의 영향이었으리라. 할아버지 방에는 오래된 고서가 한방 가득 쌓여 있었다. 내 기억 속의 할아버지는 매일 책만 읽으셨던 분이다.

나중에 대학에서 '아동 영어지도' 과정을 공부하면서 나는 깜짝 놀랐다. 잠들기 전에 부모가 아이들에게 책을 읽어 주는 습관이 아이의 언어 습득이나 지적 발달에 좋은 영향을 준다고 했다. 우리 아버지께서는 전문적으로 배우지 않으셨으나 자녀 교육을 훌륭하게 하셨다.

나의 꿈 그리고 나의 길

받아쓰기 빵점 받다

나는 초등학교 1학년을 건너뛴 것이나 다름없었다. 초등학교 들어갈 나이에 이사하였고 뛰어놀던 생각만 난다. 집안에 무슨 일이 있었는지 아버지께 여쭤보지 못했다. 충남 아산시 신창면 오목초등학교 2학년에 전학했다.

2학년 교실에 들어서기 전날까지 나는 공부를 한 기억이 없다. 2학년 3반 학생들은 이미 많은 것을 배웠다. 공부도 못하는 애가 우리 반에 들어와서 반 성적이 떨어지겠다며 나를 핀잔하는 학생도 있었다.

어느 날 국어 받아쓰기 시험을 보았는데 나와 다른 두 명의 학생이 빵점을 받았다. 교실 앞으로 불려 나가서 수업이 끝날 때까지 손 들고 벌섰다. 그때 나는 속으로 생각했다. '나는 글자를 배우지 않아서 빵점을 받았다. 한데, 저 친구들은 왜 빵점을 받았지? 앞으로 열심히 공부해야지.'라고.

나의 언니들은 공부를 잘해서 반장을 했다. 나는 정말 열심히 공부했다. 쉬는 시간에 여자아이들은 밖에서 고무줄놀이, 핀 따먹기 등을 하고 놀았다. 나는 도서실에서 책을 읽으며 공부했다.

도서실에는 책꽂이에 책이 가득 꽂혀 있었다. 셜록 홈즈가 나오는 탐정 소설도 읽었다. 빨강머리 앤과 하이디도 이때 만난 애들이다.

그때 우리 학교는 1학년부터 졸업할 때까지 줄곧 같은 반에서 공부했다. 그렇게 2·3학년이 지나고 4학년 종업식 날이 되었다. 나는 결코 그날을 잊지 못한다. 내가 우등상을 받은 것이다.

5학년 새 학기부터는 나를 대하는 친구들의 태도가 달라졌다. 너 때문에 우리 반 성적 떨어지겠다고 핀잔하던 아이들도 내 친구가 되었다.

어린아이였던 그때 나는 인생의 진리를 깨닫게 됐다.

'열심히 공부하면 잘할 수 있게 된다.'

나의 꿈 그리고 나의 길

반세기 만에 만난 은사님

초등학교를 졸업한 후에도 나는 6학년 담임선생님을 잊지 않았다. 내 인생의 중요한 순간에 바른길을 열어 주신 고마운 선생님이시다. 그러함에도 그동안 정신없이 살아오느라 선생님을 찾아뵙지 못했다. 60이 넘은 지금에서야 어렵사리 선생님의 전화번호를 알아냈다.

"반세기 만에 만나는 사랑하는 나의 첫 제자, 과연 어떤 모습일까?"

선생님께서 보내 주신 문자를 몇 번이고 다시 보았다. 선생님과 만날 날을 기다리는 며칠 동안 나는 초등학교 시절을 회상했다.

6학년 담임선생님은 내가 2학년 때 빵점 받았던 학생이라는 것을 알지 못하셨을 것이다. 방과 후에 몇 명의 친구들과 남아서 선생님을 도와 시험지 채점을 했다.

그 당시에는 학교에서 가끔 옥수수빵을 급식으로 나눠 주었다. 우리 반 모두에게 한 개씩 나눠 주고도 서너 개가 남았다. 선생님은 남은 빵을, 남아서 선생님을 돕는 우리에게 하나씩 주셨다. 나는 옥수수빵을 책보에 잘 싸서 한 시간여 동안 걸어서 집으로 왔다. 흐뭇하고 행복했다.

우리 반의 많은 친구는 가까운 신창중학교로 진학을 했다. 그러나 아버지는 담임선생님께 말씀하셨다.

"우리 정희는 가정 형편이 어려워서 중학교에 못 보냅니다."

담임선생님은 아버지를 설득하려고 했다. 자전거를 타고 우리 집에 찾아오셨다. 아버지는 완고하셨다. 우리 집 형편으로는 도저히 안 된다고 했다. 두 번째 찾아오셨을 때도 선생님은 그냥 돌아갈 수밖에 없었다. 세 번째 찾아오셨을 때 선생님은 한 가지 제안을 하셨다.

"온양읍에 있는 사립 중학교에서 장학생을 뽑으니 한번 시험을 보게 하면 어떻겠습니까?" 아버지는 선생님의 성의를 더는 뿌리칠 수 없으셨던지 시험에 합격하면 보내겠다고 하셨다.

온양에 있는 삼화여중은 감리교 선교사가 세운 기독교 학교였다. 나는 장학생 선발 시험에 합격하여 중학교에 입학할 수 있었다.

2023년 2월 24일, 나는 남편과 함께 과일 바구니와 꽃바구니를 정성껏 준비하여 천안으로 향했다. 약속한 식당 주차장에 미리 도착하여 선생님을 기다렸다. 선생님과 사모님께서 오셨다. 총각 선생님과 갈래머리 어린 제자의 반세기 만의 감격스러운 만남이었다. 제자와 선생님의 대화는 끝날 줄 몰랐다.

선생님 말씀을 듣고 보니 선생님께서 교단에 서신 후 첫 졸업생이 우리 반이었다. 선생님께는 그 후로 수많은 졸업생이 있었다. 교장 선생님으로 계시다가 은퇴하셨으니 제자들이 셀 수 없이 많다고 하셨다.

나의 꿈 그리고 나의 길

그러나 특별한 사연이 있는 나를 포함한 첫 제자들인 오목초등학교 6학년 3반은 잊을 수 없다고 하셨다.

남편과 함께 선생님을 뵙고 돌아오는 차 안에서 감사와 행복의 이야기꽃을 피웠다.

기독교 학교에 다니며 크리스천이 되다

내가 다닌 삼화여자중학교(감리교 계통의 기독교 학교)엔 인자하신 교목님이 계셨다. 교목님께서 가끔 나를 교목실로 불렀다. 나는 어느 기독교 독지가로부터 장학금을 받고 있었다. 교목님은 나에게 장학금을 주는 독지가에게 감사의 편지를 쓰라고 했다. 그런데 참 이상했다. 그 독지가가 아니면 나는 학교에 다니지 못했을 터였다. 그즈음 내 안엔 살짝 사춘기다운 반항심이 생겼다. 다른 친구들은 편지를 쓰러 교목실에 가지 않기 때문이다. 지금 생각하면 나는 은혜를 모르는 철부지였다.

우리 학교에서는 매일 아침 수업을 시작하기 전에 예배 시간이 있었다. 수업 시간표에도 성경 과목이 있었다. 성경 과목 점수는 필기 시험 60점과 일요일 예배 참석 후 담임목사 도장을 받아오면 40점을 합산했다.

나는 초등학교 때 부모님 몰래 교회에 갔다. 그런데 이제는 몰래 가지 않아도 되었다. 만약에 일요일에 교회에 가지 않으면 성경 점수 40점이 부족하게 된다. 그렇게 되면 장학금을 받을 수 없기 때문이다. 이제는 마음 놓고 교회에 갈 수 있었다. 중학교에 다니며 나는 자연스럽

나의 꿈 그리고 나의 길

게 기독교인이 되었다.

중학교 3학년 때 담임선생님은 화학을 가르쳤다. 우리 선생님은 영어도 잘하셨다. 학교에 가끔 미국 선교사가 오면 우리 반 담임선생님이 통역했다. 나는 3년 동안 기독교 분위기에 젖어 지내며 별 탈 없이 중학교를 졸업했다. 가정 형편상 고등학교 진학은 하지 못했다.

중학교 시절 3년 동안 일요일이면 당연히 교회에 나갔었기 때문에 졸업한 후에도 교회에 다닐 수 있었다. 집에서 가까운 학성감리교회에서 교회학교 교사를 했다. 그 시절 생각나는 소중한 추억이 하나 있다.

눈이 많이 내려서 무릎 정도까지 푹푹 빠지는 길을 걸어서 크리스마스 새벽 송을 다녔다. 마지막 성도의 집에 도착했을 때, 따뜻한 차를 주시며 잠시 쉬었다 가라고 했다. 나는 벽에 등을 기대고 앉았다가 깜빡 잠이 들었다. 깜짝 놀라 잠이 깼을 때, 창밖엔 함박눈이 펑펑 내리고 있었다.

여기에 노란 참외 있어요

어릴 때 아버지께 죄송스러운 일이 있다. 아버지가 외출하시면 우리는 아버지가 돌아오시기를 손꼽아 기다렸다. 집에 오실 때는 내 주먹만 한 왕사탕을 사 오시곤 했다. 그러던 어느 날 아버지가 껌을 사 오셨다. 언니들과 나는 아버지를 빙 둘러싸고 있었다. 아버지가 껌을 하나씩 나누어 주셨다. 나는 아직 받지 못했는데, 아버지는 마지막 하나를 꺼내 당신의 입에 넣으려고 하셨다.

그 순간 나는 잽싸게 끼어들었다.

"아버지 나는?"

아버지는 입으로 가져가던 껌을 나에게 주셨다. 어린 마음에도 나는 아버지께 무척 죄송한 마음이 들었다.

내가 초등학교 저학년일 때다. 아버지께서는 황무지를 개간해서 과일나무를 심었다. 과실수가 크게 자라기 전엔 나무 사이에 수박이랑 참외를 심었다.

어느 날 참외밭에 아버지를 따라갔다. 아버지께서 노랗게 익은 참외를 따 주셨다. 나는 아버지께서 따 주신 노란 참외를 받아서 조심스럽게 바구니에 담았다. 참외가 담긴 바구니를 두 손으로 들고 아버지를 따라 다녔다. 그런데 가끔 아버지가 잘 익은 참외를 못 보고 지나칠 때가 있었다. 그럴 때 나는 큰소리로 아버지께 알렸다.

"아버지, 여기에 노란 참외 있어요."

아버지는 앞쪽으로 가시던 발걸음을 멈추고 돌아와서는, "아이구, 여기도 있었네!" 하면서 노랗게 익은 참외를 따셨다.

그때 나는 노란 참외를 발견한 나 자신이 무척이나 대견하고 자랑스러웠다. 아버지께 인정받은 것이 기뻤다.

어떤 사람들은 넘어질 뻔할 때라든지 위급한 상황이 닥칠 때, 흔히 "엄마야!" 하고 외친다. 그런데 나는 어려서부터 그런 상황이 되면 나도 모르게 "아버지!"라고 외쳤다. 혹여 어머니가 옆에 있으면 서운하실까 봐 조심했다.

남편에게서 들은 얘기가 하나 있다. 어떤 분이 기독교인이 되어서 기도할 때 "하나님 아버지."라고 기도하기가 무척 힘들었다고 했다. 그분의 어릴 적 아버지와의 힘든 기억 때문이다.

나는 우리 아버지가 존경스럽고 어려웠다. 그러나 늘 따라다니고 싶었다. 나는 기도할 때 '하나님 아버지'를 먼저 부른 뒤 시작한다. 그럴 때마다 나를 품어 주시고 감싸 주시는 하나님의 사랑과 어려운 고비마다 함께해 주신 친정아버지의 따스한 손길도 함께 느낄 수 있다.

그려, 고생했다

서당 훈장이셨던 할아버지는 큰아버지와 둘째 큰아버지에겐 공부를 제대로 시키셨다. 큰아버지는 공무원이었다. 둘째 큰아버지는 초등학교 교장 선생님이었다. 우리 아버지는 부모님을 모시느라 농촌에 남으셨다. 농사를 지으며 고생도 많이 하셨다.

나는 우리 아버지를 농학 박사로 생각했다. 새벽에 기상하시면, 전지가위·톱·과수나무 치료 약 등 여러 가지 농업용품이 들어 있는 바구니를 들고 과수원에 갔다. 어머니가 조반을 준비해서 "아침 다 됐어유. 아침 드셔유!" 하고 과수원에 대고 소리쳐 부를 때까지 과수나무를 돌보았다.

내가 우리 아버지를 농학 박사로 여기게 된 사연이 있다. 아버지는 농업에 관한 서적을 많이 읽으셨다. 부란병은 사과나무에 치명적인 병이다. 베어 버리기엔 아까운 사과나무 한 그루가 부란병에 걸렸다. 아버지는 부란병 걸린 부분을 도려내고 약을 발랐다. 치료한 부위가 상당히 넓었다. 아버지는 부란병 걸렸던 사과나무 뿌리에서 올라온 곁순한 가지를 정성껏 키웠다. 자라난 곁순을 부란병 치료한 몸통 껍데기

부위에 접붙이기했다.

접붙이기한 곁순을 통해서 영양분을 공급받은 사과나무는 꽃이 피고 열매를 맺었다. 다시 살아나 주렁주렁 열매 맺은 그 나무를 볼 때마다 나는 감탄했다. 농학 박사도 생각하지 못했을 방법으로 사과나무를 살린 것이다.

어느 해 아버지 생신날, 나 혼자 마음속으로 '아버지 넷째 딸 정희가 꼭 대학에서 공부할게요. 미안해하지 마세요.'라고 아버지와 약속한 것을 나는 지켰다. 공부하기에 완벽한 시기란 평생 오지 않을 것 같아 시작했다. 그 과정은 힘들었지만 끝내 해냈다. 공부가 힘들었던 것이 아니었다. 하나의 몸으로 여러 역할을 해야 하는 것이 어려웠다. 그럴 때마다 아버지께 졸업장을 들고 가겠다는 약속을 되뇌었다.

마침내 대학교 졸업장을 가지고 아버지께 갔다. 아버지께서 나의 졸업장을 한참 들여다보셨다. 그리고서 짧게 한마디 하셨다.

"그려, 고생했다."

아버지는 당신의 커다란 손으로 몇 번이고 나의 졸업장을 쓰다듬으셨다.

나의 농장

교회 주차장 한 귀퉁이에 차를 주차할 수 없는 아주 좁은 공터가 있다. 교회 정문에서도 심지어 주차장에서도 잘 보이지 않는 공간이다. 바닥은 주차장 공사할 때 잘게 부순 자갈을 부어 놓아서 꽃조차도 심을 수 없다. 가운데에는 느티나무 한 그루가 심겨져 있다. 그곳은 자연히 쓰레기와 풀이 무성한 공간이 되었다.

몇 해 전에 아버지가 아스파라거스 씨를 받아 주셨다. 땅에 심으면 싹이 난다고 했다. 교회 축대 옆에 흙이 조금 있어서 씨를 뿌렸다. 아스파라거스 씨가 모두 싹이 났다. 상추랑 부추 등 채소도 심고 싶은데 공간이 없었다.

나는 아버지의 개척 정신을 물려받은 농부의 딸이다. 주차장 귀퉁이 쓰레기 더미와 풀밭을 개간하기로 했다.

나뭇가지와 널판때기 등 쓰레기를 정리했다. 교회 경계 언덕에 있는 잡초도 제거했다. 바닥에 부어진 자갈은 어떻게 할 방법이 없었다. 남편은 다 퍼내고 흙으로 채워 주겠다고 했다. 그 말은 고마웠지만 일을 크게 만들고 싶지 않았다.

나는 고민하다가 지인에게 부탁했다. 손수레로 두 번 흙을 퍼다 주었다. 그것만으로는 많이 부족했다. 주차장 옆의 언덕에서 흙을 조금 퍼 내려서 함께 자갈 위에 퍼니 10cm 정도 높이는 되었다.

언덕 쪽으로는 아스파라거스를 옮겨 심었다. 바닥에는 고추·가지·상추 등을 심었다. 축대 벽을 의지해서는 오이·호박·토마토·쑥 갓을 심었다.

나에게도 농장이 생겼다. 나의 영어 이름을 따서 'Julie's Farm·줄리의 농장'이라 불렀다.

나도 아버지 흉내를 냈다. 바구니에 꽃삽이랑 호미·작업용 장갑 등 나의 농장을 가꾸는 도구들을 담았다. 나의 농장에 가면 나는 아버지와 대화를 한다. 나는 그곳에서 아버지와 참외를 따던 어린 시절로 되돌아갔다.

아버지는 우리에게 언제나 말씀하셨다.

"사람은 신용을 지켜야 한다. 신용을 잃으면 다 잃는 것이다."

복숭아·사과 등 과일을 따면 장사꾼이 서울 청과물 시장으로 가져 갔다. 며칠 후에 전표와 함께 돈을 찾아오셨다. 아버지가 파신 과일은 매번 다른 사람들 전표의 가격보다 높을 때가 많았다. 아버지 말씀이 '신용' 덕분이라고 하셨다.

청과물 시장으로 과일 상자가 올라가면, 관계자들이 무작위로 상자를 하나 골라 개봉해서 펼쳐 놓고 가격을 매긴다고 했다. 우리 아버지 상품은 아래위가 같은 품질이고 거짓이 없었다.

포장할 때 과일 상자 하단에 있는 것과 상단에 있는 것의 품질이 같아야 한다고 아버지께서는 늘 우리를 가르치셨다.

Julie's Farm은 내가 아버지와 데이트하며 아버지를 추억하는 장소가 되었다.

교회학교에서 배웠던 노래

내가 초등학교 5학년 때였다. 나는 부모님 몰래 걸어서 30분 정도 떨어진 동네에 있는 교회에 갔다. 크리스마스 때는 '고요한 밤, 거룩한 밤' 찬송가에 맞춰 무용도 했다.

교회학교 선생님이 열심히 노래를 가르쳐 주었다. 지금도 그때 불렀던 노래들이 생각난다. 그중에서도 특히 잊지 못하는 노래가 있다. 선생님은 그 노래를 먼저 우리말로 가르쳤다. 이어서 똑같은 뜻이라며, 영어·일본어·중국어로 가르쳤다. 그때 나는 별생각 없이 신나게 따라 불렀다.

노래의 가사는 아주 단순했다.

나는 기쁘다.
나는 기쁘다. 나는 기쁘다. 나는 기쁘다, 항상 기쁘다.

아임 쏘 해피. 아임 쏘 해피. 아임 쏘 해피, 해피 올 더 타임.

와다시와 우레시이. 와다시와 우레시이. 와다시와 우레시이, 이쯔모 우레시이.

워창 콰일러. 워창 콰일러. 워창 콰일러, 징창 콰일러.

내가 세 나라의 언어를 공부하게 된 동기는 각각 다르다. 그런데 놀랍게도 초등학교 5학년 때 지금 배우고 있는 언어들로 노래를 불렀다. 물론 내 의지와는 상관없이 교회학교 선생님이 가르쳐 주는 대로 따라 했었다.

혹시 나의 기억 속에 있는 이 노래로 인하여서 내가 언어에 관심을 두게 된 것은 아닐까 하는 생각을 해 본다.

나의 꿈 그리고 나의 길

비성골 칠 남매

나의 추억이 깃들어 있는 고향 집 주소는 충남 아산시 신창면 궁화리 2구다. 다른 이름은 비성골이다. 이웃하고 있는 아산시 선장면과는 길 하나를 사이에 둔 경계 지역이다.

아버지께서 산 땅은 잡목과 풀로 뒤덮여 있었다. 돌멩이가 많은 황무지였다. 그곳은 도저히 농사를 지을 수 없을 것 같은 땅이었다. 부모님은 황무지를 개간하여 옥토로 만드셨다. 개간한 땅 대부분은 경사가 심했다. 평지는 별로 없었다. 부모님은 그처럼 험한 밭에 사과·배·복숭아 등 과일나무를 심었다. 그중에서도 사과나무가 가장 많았다.

과일이 맺히기 시작하면서 가정 형편이 조금씩 나아졌다. 나는 위에서도 넷째, 아래에서도 넷째다. 내 바로 아래 여동생과 두 남동생은 나보다는 나은 환경에서 공부했다. 부모님이 고생하실 때, 세 언니는 도시로 나가 돈을 벌었다. 언니들은 가족을 위해 기꺼이 희생했다. 나는 언니들처럼 부모님을 많이 도와드리지 못했다. 언니들에게 늘 빚진 마음이다.

우리 언니들은 마음이 참 착하다. 자신들이 학교 혜택을 충분히 누리지 못한 아쉬움이 있었음에도, 부모님 입장을 항상 먼저 헤아리고 이해

했다. 아들이 먼저 태어나지 않고, 딸들이 위로 있어서 다행이라고 했다. 그런데 나는 방송통신고등학교에 다닐 때, 너무 힘들어서 부모님을 원망한 적이 있다. 나도 매일 학교에 나가서 공부만 하면 좋겠다고 생각했다. 나는 속에 욕심이 가득한 이기적인 사람인가보다.

어려서부터 학자가 되겠다던 큰 남동생은 물리학 박사가 되어 고려대학교에서 후학을 가르치고 있다. 남동생의 큰아들은 국제학술지 Nature(네이처)에 제1 저자로 논문이 실렸다. 미국 하버드 대학에서 스물여섯 살에 응용 물리학 박사학위를 받았다.

작은 남동생은 회계학을 전공했고, 자신의 영역에서 성실하게 살고 있다. 나의 작은아들은 서울대학교에서 이학 박사 학위를 받았다. 나의 큰아들을 비롯하여 여러 명의 조카가 초·중·고에서 후학 양성에 힘쓰고 있다. 올곧게 살아오신 부모님을 본받아 각자 주어진 환경에서 성실하게 자기 몫을 다하며 살아가는 비성골 칠 남매가 자랑스럽다.

나의 꿈 그리고 나의 길

눈 감으면 떠오르는 마음속 고향, 비성골

비성골은 나의 그리운 추억들을 가득 품고 있다.

사과나무가 아직 어렸을 때, 아버지는 뽕나무를 심고 누에를 치셨다. 다 자란 누에가 마지막 잠을 자고, 고치를 짓기 전에 뽕잎을 먹을 때는 마치 소낙비가 내리는 것 같은 소리가 났다. 뽕나무밭에 하얀 눈이 내렸던 날, 사랑스러운 남동생 둘이 강아지와 함께 뛰어놀던 모습이 떠오른다.

부모님은 넓은 과수원 빈터 어디든지 밭작물을 심었다. 초등학교 다닐 때, 두 살 아래 여동생과 밭고랑에서 김을 맸다. 양쪽 끝에서 서로가 김을 매기 시작하면 중간 지점에서 만났다. 서로 비켜 주지 않으려고 엉덩이로 밀치던 생각이 난다. 지금 생각하니 언니인 내가 양보했어야 했다.

여동생도 나한테 잘못한 것이 있다. 동생하고 둘이 쓰던 방 바로 앞에 배나무밭이 있었다. 우리는 배가 잘 익어도 좋은 것은 먹지 못했다. 벌레 먹은 것, 상품 가치가 없는 것만 먹을 수 있었다. 당연히 맛도 덜했다. 좋은 것은 팔아야 했기 때문이다.

부모님 몰래 동생이 잘 익은 배를 두 개 땄다. 나는 방의 윗목 책상에 앉아서 공부하고 있었다. 동생은 언니한테 들키지 않으려고 이불을 뒤집어쓰고 혼자서 다 먹었다고 했다. 그런데 두 번째 것은 맛도 모르고 먹었다고 했다. 지금도 만나면 그 얘기를 하며 한바탕 웃는다.

과수원에 소독하는 날은 온 가족이 함께 협동해야 했다. 아버지께서 큰 통에 소독물을 만들어 놓았다. 손으로 펌프질해서 먼 곳까지 호스를 통해 소독물을 보내면 아버지께서는 호스와 연결된 분무기로 사과나무에 소독했다.

나도 펌프질을 한 적이 있다. 힘이 약하니까 소독약이 힘 있게 뿜어져 나가질 않았다. 아버지께서 소독약이 나오지 않는다고 소리치시면 땀을 뻘뻘 흘리며 펌프질을 해야만 했다. 그리고 중간에서 누군가는 엉킨 소독 호스를 풀어 주고, 끌어당겨야 했다. 지금도 비성골에 가면 "소독약 나오지 않는다." 외치시던 아버지 음성이 들릴 것만 같다.

결혼하기 전에 남편이 고향 집에 왔다. 사과가 주렁주렁 달린 과수원 언덕에 앉아서 얘기하던 생각이 난다. 남편은 서울에서 태어나 자랐다. 우리 집 과수원 풍경을 무척 좋아했다. 남편도 과수원 오솔길을 걷던 때를 기억하고 있어서 좋다.

연로하신 아버지께서 더는 농사를 지을 수 없어서 비성골 과수원을 팔았다. 부모님은 가구 수가 많은 궁화리 1구로 이사했다.

그 후에 비성골에 공장이 들어왔다는 얘기를 들었다. 부모님이 비성골을 떠나신 후 내가 고향에 갈 땐, 2차선 도로의 갈림길이 나타나기 전부터 긴장한다. 갈림길에서 좌회전하면 비성골, 우회전하면 궁화리 1구로 들어선다.

나는 갈림길이 나오기 전부터 고개를 오른쪽으로 돌린다. 왼쪽 비성골 방향은 쳐다보지 않는다. 만약 내가 비성골에 세워진 건물을 본다면, 지금도 눈만 감아도 떠오르는 나의 아름다운 비성골 추억이 사라질까 봐 두렵기 때문이다. 비성골은 내 마음속에 영원히 살아 있는 나의 고향이다.

Chapter 2

사랑스런 우리 가족

땡땡 불어난 어미의 젖가슴

남편이 신학교를 졸업하고 개척한 첫 번째 교회는 충북 청원군 옥산면에 있는 사정감리교회다. 남편은 개척한 다음 해에 첫 번째 눈 수술을 받았다. 그때 큰아들은 태어난 지 10개월이었다. 보호자가 아기를 데리고 병원에 있으면 안 된다고 했다. 엄마의 젖을 먹던 큰아들을 친정에 떼어 놓았다. 마침 고향 집에 와 있던 여동생이 큰아들의 보모가 되어 주었다.

나는 병원에서 남편을 간호하며 또 하나의 고통을 견뎌야 했다. 아기가 젖을 먹을 시간인데 먹이지 못하니, 젖이 땡땡 불어서 아프기 시작했다. 아들이 이마에 땀이 송글송글 맺히도록 젖을 빨면서, 엄마와 눈을 맞추며 웃는 모습이 눈에 선했다. 유축기로 젖을 짜내며 나는 많이 울었다.

남편은 퇴원하고 집에 와서도 한동안 누워 있어야 했다. 남편이 퇴원하고 일주일이 지났다. 여동생에게서 편지가 왔다. 여동생 편지에는 큰아들이 먹은 음식 종류까지 조목조목 적어 놓았다. 조카는 잘 먹고, 잘 놀고 있으니 걱정하지 말라고 했다. 그러나 나는 아들이 너무나 보고 싶어서 더는 기다릴 수가 없었다.

자가용이 없던 시절, 한 시간을 걸어 나가 충남 수신에서 천안 가는 버스를 탔다. 그런 다음에 천안에서 온양 가는 버스를 갈아탔다. 친정집은 온양에서 다시 한번 차를 갈아타야 했다. 아들을 만날 생각에 나의 마음은 급해졌다.

친정집 과수원 큰 대문을 지나 미친 듯이 마당을 뛰어갔다. 뛰어가며 보니 현관문 앞에 이모랑 앉아 있는 큰아들이 눈에 들어왔다. 나는 뛰어가며 큰아들의 이름을 목청껏 불렀다. 큰아들이 이모 등 뒤로 얼굴을 숨겼다가, 빼꼼히 다시 얼굴을 내밀었다.

젖 먹던 어린 것이 엄마와 떨어져서 보름 동안 이모를 의지하며 살았다. 느닷없이 웬 여자가 미친 듯이 자기 이름을 부르며 달려오니 놀랐나 보다. 내가 가까이 가서 큰아들을 안으니 그제야 엄마를 알아보고 내 품 안으로 안겨 들었다.

이 순간을 떠올리며 나는 큰아들에게 또 미안하다.

아기도 왔나 봐요

작은아들은 돌이 되기 전에 걷기 시작했다. 그날도 풍금을 치며 예배를 드리고 있었다. 엄마 옆에 있던 작은아들이 어느 결에 열려 있던 문 밖으로 나갔다. 작은아들이 2층 계단에서 아래로 굴렀다. 눈 깜짝할 사이에 벌어진 일이다.

내가 뛰어나갔을 때는 아들이 중간쯤 굴러가고 있었다. 나는 아들 이름을 부르며 미친 듯이 달려 내려갔다. 나는 매우 급한 상황에서도, 아들이 구를 때 머리를 살짝살짝 드는 것을 보며 안도의 숨을 쉬었다.

작은아들이 다섯 살에 어린이집에 들어갔다. 첫 번째 소집이 있던 날, 선생님이 아이들 이름을 한 명씩 부르며 알림장을 나누어 주었다. 아이들은 자기 이름이 불릴 때마다 힘차게 대답하며 뛰어나가서 알림장을 받아왔다.

작은아들은 선생님이 이름을 부르자 달려 나가는 것이 아니라 엄마 품에 얼굴을 파묻고 두 손으로 엄마를 꼭 껴안았다. 선생님이 또 한 번 이름을 불렀다. 아들은 꼼짝도 하지 않았다. 할 수 없이 나는 아들을 안고 나가서 알림장을 받아 왔다. 옆에 있던 한 아이가 말했다.

"엄마, 아기도 왔나 봐요."

　　　　　　　　　　　나의 꿈 그리고 나의 길

작은아들을 어린이집에 맡기면서 나는 담임선생님께 부탁했다. "우리 아들이 친구들과 잘 어울리며 사회성이 발달한 아이로 자라면 좋겠습니다."

우리 아들은 일주일 동안 선생님이 주는 간식을 자기 손으로 받지 못했다. 며칠 뒤 어린이집 교사한테서 전화가 왔다. 우리 아들이 손을 번쩍 들어 간식을 받았다고 선생님이 나보다 더 기뻐했다. 아들이 어린이집을 졸업할 무렵에는 나의 바람대로 친구들과 잘 어울렸다. 더 나아가 손을 번쩍 들어 자기 의사를 표현하는 아이로 성장했다.

두 아들이 차례대로 초등학교에 입학했다. 이젠 형이 동생을 보살펴 주지 않았다. 보살펴 주지 않을 뿐만 아니라 동생을 부려 먹었다.

어느 날 저녁에 교회 일 마치고 집에 거의 왔을 때다. 웬 꼬마가 손에 하얀 종이를 들고 하늘을 보며 서 있었다. 가까이 가서 보니 작은아들이었다.

형이 하늘에 떠 있는 달 모양을 그려 오라고 했단다. 매일 저녁 자기가 달을 그려다 주었단다. 형이 '달 관찰 해 오기' 방학 숙제를 동생에게 그려 오게 시켰다.

큰아들은 그 방학 과제물로 '참 잘했어요.' 상을 받았다.

내 친구 옷 좀 사 주세요

　남편은 등사기로 성경 말씀을 인쇄해서 전도지를 만들었다. 덕산 시내와 주변 동네를 집집이 방문하며 전도지를 돌렸다. 큰아들은 걸리고, 작은아들은 등에 업고 나도 함께 다녔다. 한 손에는 기저귀 가방을 들었다.

　한참을 걸어 다니다 보면 등이 축축해졌다. 기저귀를 갈아야 하는데 아는 집도 없으니 난감했다. 마루에 앉아 있는 할머니 한 분이 우리를 보고 계셨다. 나는 "우리 아기 기저귀를 갈 수 있을까요?" 여쭈었더니, "아이고 딱하기도 하지, 어서 들어와요." 하셨다. 점심도 거른 채 한나절 이상 전도지를 돌리고 집에 오니 오후 네 시가 넘었다. 온종일 부모를 따라 조막 걸음을 걸으면서도 떼 한 번 쓰지 않은 큰아들이 고맙고 짠했다.

　작은아들의 첫 돌이 막 지났을 때의 일이다. 큰아들에게 동생과 잘 놀고 있으라고 신신당부해 놓고 우리는 전도를 나갔다.

　집에 도착했을 때 작은아들이 엉거주춤 서 있었다. 큰아들은 앉아서 장난감을 가지고 놀고 있었다. 작은아들이 기저귀에 대변을 보고 앉지도 못하고 서 있던 것이다. 어린 것이 안쓰러워 울컥 가슴이 멨다. 며칠이 지났다. 남편과 나는 또 아이들을 집에 남겨 두고 전도를 나갔다. 집에 돌아와 보니 이번에는 큰아들이 동생에게 변기를 대 주고 엄마가 하던 대로 치웠다. 2년 3개월 차이 나는 큰아들이 엄마의 역할을 대신해 주니 또 한 번 울컥했다.

작은아들이 제법 걸을 수 있게 되었다. 남편과 나는 집 안에 아이들만 남겨 놓고 전도를 나가곤 했다. 누가 우리 아이들 훔쳐 갈까 봐 걱정되었다. 나는 밖에서 문을 잠갔던 적이 있다. 그런데 어느 날 뉴스에, 어느 지역에서 문이 잠겨 있던 집 안에 불이 나는 바람에 아이들이 희생되었다는 보도가 나왔다. 나는 깜짝 놀랐다. 그 후로는 밖에서 문을 잠그지 않았다.

남편과 함께 일하면서도 내 눈길은 항상 집 쪽을 향했다. 낯선 사람이 우리 집 쪽으로 가기만 해도 불안했다. 어느 날 전도를 마치고 집에 돌아오는데, 꼬마 둘이 길모퉁이에 서 있었다. 가까이 가 보니 큰아들이 아빠 하얀 고무신을 신고, 동생 손을 잡고 밖에 나와 우리를 기다리고 있었다. 미안함과 안쓰러움이 밀려왔다.

큰아들은 동생의 보모 역할에 이어 한글 선생님 역할까지 해 주었다. 작은아들은 내가 한글을 가르쳐 준 적이 없는데 형을 따라 했다. 어린이집에 들어가기 전에 한글을 터득했다. 우리 부부는 큰아들에게 여러모로 큰 빚을 지고 있다.

큰아들이 덕산어린이집에 다닐 때의 일이다. 어린이집에서 돌아온 아들이 내게 말했다.

"엄마, 내 친구 옷 좀 사 주세요."

이유를 들어보았다. 옆에 앉은 친구가 구멍 뚫린 옷을 입고 왔다고 했다. 나는 마음속으로 말했다. '아들아, 네가 입고 있는 옷은 어떤 교회 사모님 아들이 입던 옷이란다. 엄마는 우리 아들에게조차도 새 옷을 사줄 형편이 못 된단다.'라고. 그러나 차마 아들의 기특한 마음을 저버릴 수가 없었다. 나는 덕산 장날에 옷 한 벌을 사서 아들 손에 들려 보냈다.

1990년, 큰아들은 한천 초등학교에 입학했다. 작은아들은 덕산어린이집에 입학했다. 덕산어린이집은 한천 초등학교 맞은편에 있었다. 집은 덕산파출소 근처였다. 집에서부터 아이들이 걸어서 가기에는 먼 거리였다. 작은아들은 생일이 1월이어서 또래보다 한 살 일찍 어린이집에 들어갔다. 처음 며칠간은 내가 어린이집까지 데려다주었다. 그다음부터는 큰아들이 동생을 데리고 갔다.

봄비가 내리는 어느 날 아침, 어린이집에 간 작은아들이 다시 돌아왔다. 집에서 나가 얼마쯤 가다가 형이 학교에 늦겠다며 먼저 가 버렸다고 했다. 우산을 쓰고 동생을 챙기며 걸어가기가 벅찼나 보다.

어려서부터 독립심을 길러야 한다는 어미의 생각이 미안한 날이었다.

나의 꿈 그리고 나의 길

공룡능선 넘고 넘어

작은아들이 초등학교 5학년 여름방학 때였다. 남편은 작은아들과 나를 데리고 학생부 여름 수련회 답사를 떠났다. 이번 목적은 설악산 공룡능선을 다녀오는 것이다. 공룡능선은 외설악과 내설악을 남북으로 가르는 설악산의 대표적인 능선이다.

작은아들은 교회 여름 수련회 때마다 형들을 따라 다녔다. 남편의 의욕은 넘쳤지만, 공룡능선 답사는 작은아들에게는 무리일 수도 있었다. 작은아들이 답사를 다녀온 후에 방학 숙제로 기행문을 썼다. 제목이 '공룡능선 넘고 넘어'였다. 제목 속에서 아들의 고되었던 여정이 느껴진다. 아들은 끝까지 험한 길을 잘 따라 걸었다. 끝이 없이 이어지는 험한 산길을 무사히 통과했다. 작은아들의 답사 성공으로 그해의 학생부 수련회는 '공룡능선 등반'으로 정했다. 많은 에피소드를 남기고 학생부 수련회를 잘 마쳤다.

중학교 때는 엄마의 권유로 '걸어서 국토 횡단'을 다녀왔다. 아들을 강하게 키우고 싶었기 때문이다. 나는 아이들을 학원에 보내지 않았다. 학교 교육 외에 내가 아이들에게 해준 것이 한 가지 있다. EBS 교육 방송을 비디오테이프에 녹화해서 예습과 복습을 하게 했다.

또 한 가지 중요한 것이 있다. 아들이 진학하고 싶은 학교를 견학시킨 것이다. 형네 학교를 다녀온 작은아들은 자기도 꼭 한일고등학교에 갈 거라며 열심히 공부했다. 다른 한 가지는, 두 아들에게 집에서 피아노 기초 과정을 가르쳤다.

남편과 나는 거의 매일 저녁 교회의 일을 해야 했다. 나는 큰아들에게 많은 빚을 졌다. 그 당시 동생의 공부도 보살피며 자기의 고입 준비까지 했으니, 대견하다. 형이 동생을 부려 먹기도 했지만, 동생의 좋은 선생님이기도 했다.

작은아들이 한일고등학교에 합격했다. 입학 담당자가 수학 선수 학습을 하고 오라고 했다. 진천 읍내에 있는 어느 학원 원장님과 상담을 했다. 아들의 성적과 입학 학교 이름을 듣고는 "이런 학생은 우리 학원에 오면 안 됩니다. 더 수준 높은 곳에서 해야 합니다."라고 했다.

할 수 없이 집에서 혼자 공부하다가 반 배정 시험을 보았다. 형 때처럼 100등 이하의 성적이 나왔다. 아들은 "엄마, 나 학교 잘못 온 것 아니야?" 하며 걱정했다.

입학 후 담임선생님과 상담을 했다. 담임선생님은 나에게 아들이 선수 학습을 했는지 물었다. 큰아들 때에도 똑같은 질문을 받았었다. 중학교 수업 진도만 공부했다고 대답했다. 앞으로 고등학교 과정을 공부할 것이니, 걱정하지 말라고 했다. 자기 주도적 학습을 한 학생들은 학습 능력이 강하다고 했다.

작은아들은 1학년 봄 학기 기말고사가 끝나고 상위권으로 올라섰다.

나의 꿈 그리고 나의 길

학원을 의지하지 않고 자기 주도적인 학습을 해 왔기 때문에 가능했다. 그날 해야 할 공부는 미루지 않고 그날 하는 습관을 갖는 것이 중요하다.

작은아들이 대학생 시절에 나에게 이렇게 말한 적이 있다.

"엄마, 나는 그날 할 공부를 먼저 다 해요. 그러고 나서 나에게 상을 주는 마음으로 한 시간 정도 게임을 해요." 너도 게임을 하냐는 엄마의 질문에 대한 대답이었다. 두 아들을 키우며 깨달은 것이 있다. 학교 공부에 충실하고, 자기 주도적인 학습 습관을 길러 주는 것이다.

또 한 가지 아들에게서 들은 말이 있다. 부모님이 시간만 나면 공부하니까 '공부는 꼭 해야만 하는 것이구나!' 하고 어려서부터 생각했단다. 어떤 때는 스트레스가 되기도 했는데, 지나고 나서 생각하니 부모님께 감사하다고 했다.

하나님의 전적인 은혜로 여리기만 했던 작은아들이 잘 성장하여 어엿한 사회인이 되었다. 2023년 여름휴가를 작은며느리 회사 연수원에서 보냈다. '공룡능선 넘고 넘어' 걸어가던 작은아들이 한 가정의 가장이 되었다. 어렸을 때의 고되었던 경험들이 현재의 삶을 살아가는 데 힘찬 원동력이 되어 줄 것이다.

작은아들의 걸어서 국토 횡단

작은아들이 어린이집에 다닐 때, 아침에 출근하던 농협 여직원들이 보고는 한마디씩 했다.

"어머나, 귀여워라!"

어릴 적 작은아들은 내가 보아도 눈이 동그랗고 예뻤다. 〈해리포터와 마법사의 돌〉 영화가 한창 상영되고 있을 땐, 영화를 본 한 지인이 작은아들이 주인공 해리포터와 닮았다고도 했다. 지혜롭고 귀여운 아이였지만 나는 아들이 좀 더 남자다워지길 바랐다.

작은아들이 중학교 2학년 때였다. 지인에게서 자신의 조카가 걸어서 국토 횡단을 했다는 말을 들었다. 나는 이 국토 횡단이 아들의 체력과 정신력을 키우는 데 좋겠다는 생각이 들었다.

선뜻 내켜 하지 않는 아들을 설득한 후에 서울에 있는 한국소년탐험대에서 주최한, '인천에서 독도까지 걸어서 국토횡단'(1999년 7월 25~8월 12일)에 참가 신청을 했다.

작은아들은 평소에 형들을 따라서 교회 수련회 때마다 참가했다. 그중에서도 악산으로 알려진 설악산 대청봉과 공룡능선도 다녀왔다. 이번 걸어서 국토 횡단은 엄마의 권유에 못 이겨 떠나게 되었다. 아들을

나의 꿈 그리고 나의 길

서울 성동구 금호동에 있는 모집 장소에 데리고 갔다. 초등학교·중학교, 남·여학생들이 삼삼오오 모여 있었다.

아들이 출발하고 나서부터 뉴스에 계속 비 소식이 올라왔다. ARS로 아이들의 동선을 알 수가 있었다. 하루에도 몇 번씩 ARS를 들었다. 밤에 빗소리가 들리면 아들이 떠내려가는 것만 같아 불안했다. 괜히 보냈나 후회가 밀려오기도 했다. 평소에 엄마들의 치맛바람에 대해 썩 좋게 바라보지 않은 나였다. 그런데, 아들을 강하게 키우고 싶다는 내 욕심이 엄마들의 치맛바람보다도 더 나쁜 것처럼 여겨지면서 자책이 됐다.

탐험대 본부에서 요구하는 보급품 목록대로 날짜를 맞춰 보냈다. 드디어 울릉도까지 도착했다는 소식이 들려왔다. 독도는 사정이 생겨 들어가지 못한다고 했다.

애타던 18일이 지나고 아들을 데리러 탐험대 본부로 갔다. 까무잡잡한 얼굴에 떠날 때보다 더 수척해진 아들을 보는 순간 울컥했다. 무엇이 먹고 싶으냐고 물으니 카스텔라가 먹고 싶다고 했다. 돌아오는 차 안에서 맛있게 카스텔라 빵을 먹는 아들을 보며 안도와 함께 미안한 마음이 밀려왔다.

아들에게는 그때의 수고가 헛되지 않았다. 가족의 소중함을 깨닫게 해 주고, 입맛이 까다로웠던 아들이 음식에 고마움을 알게 됐다. 아들에게 어려운 환경을 극복하는 내공이 생겼다. 유약했던 아들에게 심신을 단련할 수 있었던 소중한 시간이었다. 강한 내공이 밑바탕이 되어 힘든 대학 입시 관문을 잘 통과했다. 작은아들의 인생에서 그 시간은 소중한 자산이 되었다.

청소년 잡지 속의 연예인 대형 사진

큰아들은 중학교 다닐 때 축구를 좋아했다. 시험 기간에도 해가 지도록 공을 차다가 "이 녀석아, 내일이 시험인데 오늘은 공부해야지."라고 선생님께 꾸중도 들었다.

큰아들을 한일고등학교에 진학시키고 싶어서 공주를 방문했다. 시골길을 지나 학교에 들어섰다. 가장 먼저 눈에 띄는 것이 넓은 운동장과 축구 골대였다. 교정 곳곳에서 기타를 들고 이동하는 학생들을 만났다. 전교생이 기숙사에서 생활하므로 기숙사 건물이 넓었다.

입학 담당자를 만나 입학 상담을 했다. 중학교 내신 성적과 전국적으로 실시된 모의고사 성적으로 전형했다. 일반 인문계 고등학교 전형에 앞서 결과가 나온다고 했다. 나는 상담을 마치고 나오면서 운동장으로 갔다. 축구 골대를 붙잡고 하나님께 기도했다.

"하나님, 우리 아들이 축구를 좋아합니다. 이곳에서 공을 차게 해 주세요."

한일고등학교 합격통지서를 받은 아들이 엄마를 번쩍 들고 빙빙 돌면서 좋아했다.

1학년 학생이 150명이었다. 아들이 입학 전에 반 배정 시험을 보았다. 아들은 100등 이하로 성적이 나왔다. 아들도, 남편과 나도 당황했다. 아들의 이런 성적은 처음이었다.

입학 후 담임선생님과 상담을 했다. 선생님은 나에게 아들이 선수학습을 했는지 물었다. 오로지 학교 진도에 맞춰서 공부했고, 고등학교 합격 후에 한 달 정도 대학생 선배와 공부했다고 나는 대답했다. 담임선생님은 염려하지 않아도 된다고 했다. 자기 주도적인 학습 태도만 있으면 된다고 했다.

1학년 봄 학기가 지나고 아들의 성적은 제자리를 잡았다. 중간을 넘어섰으니 나도 안심이 되었다. '이젠 안심이다.' 할 무렵, 아들은 1세대 아이돌 핑클 구성원 중 한 명에 관심이 꽂혔다. 나는 어느 날 서점에서 아들이 관심 가진 가수의 대형사진을 우연히 발견했다. 청소년 잡지에 끼어 있었다. 나는 아들에게 주려고 그 잡지를 샀다.

한일고에는 서울에서 내려온 학생들도 많이 있었다. 아들은 용돈을 모아 핑클 공연 표를 샀다. 주말에 친구들과 서울에 올라가 핑클 공연을 관람했다. 다녀온 후에 아들이 이렇게 말했다.

"기대하고 갔는데, 공연장을 보니까 너무 상업적이라 실망했어요."

그 뒤부터 아들은 다시는 그 가수에게 관심을 두지 않게 됐다. 가지고 있던 모든 사진과 자료들을 다 버렸다.

아들의 성숙해 가는 모습을 보며 나는 감사했다. 엄마의 기대를 저버리지 않고 멋지게 성장한 아들이 고맙다. 진정한 사랑은 조바심이 아니라, 때로는 묵묵히 지켜보며 믿고 기다리는 것이다. 아들은 사범대학교를 졸업하고 교사가 되었다. 자신의 학창 시절을 떠올리며 제자들을 바른길로 이끌어 주고, 사랑으로 기다려 주는 좋은 교사가 되기를 기도한다.

두 아들의 인도 여행 50일

군 복무를 마친 큰아들은 2학년 2학기 학업을 잘 마쳤다. 3학년 등록을 코앞에 두었을 때 갑자기 1년 휴학을 하고 싶다고 했다. 사회 견문도 넓히고, 영어 공부도 더 하고 싶다고 했다. 나는 '임용고시 볼 기회가 한 번 줄어든다. 어쩌려고 하느냐.'는 말이 목구멍까지 올라왔다. 하지만 다 성장한 아들을 믿고 참았다.

마침 지인이 인도 선교사 한 분을 잘 안다고 했다. 그 선교사의 도움으로 큰아들은 학생비자를 받아 인도로 떠났다.

어느 날, 작은아들이 학생들을 가르치는 아르바이트를 해야겠다고 했다. 너는 공부하는 것이 본분이다. 앞으로 해야 할 공부도 많으니 학업에만 열중하라고 나는 말했다.

작은아들의 가을 학기 기말고사가 끝났다. 겨울방학 동안에 인도에 있는 형한테 간다고 했다. 비용은 자기가 다 마련해 놓았으니, 걱정하지 말라고 했다. 작은아들은 엄마한테는 숨기고 기어이 학생을 가르쳐서 여행 경비를 마련했다.

나중에 알게 되었는데 큰아들은 인도에 진출해 있는 한국 기업 인도지사에서 아르바이트하며 여행 경비를 준비해 놓았다. 부모님께 손 내

밀지 말자고 두 형제가 이미 계획을 다 세워 놓았다.

2006년도는 우리 가족에게 그야말로 도전의 해였다. 큰아들과 작은 아들은 인도에서, 나는 런던에서, 각자 견문을 넓히며 자기 공부에 전념했다. 남편 또한 사회복지 공부를 온라인 수업과 일주일에 한 번 등교 수업을 하며 자기 계발 학습에 동참했다. 학비는 장학금으로 많은 부분이 충당됐다. 그러나 생활비는 별도의 문제였다. 가정 경제에 빨간불이 켜진 기간이기도 했다.

20대 초반의 두 아들은 50여 일 동안 인도 전역을 함께 돌았다. 성인이 되어 각자 직장을 잡고 가정을 꾸린 후엔 절대 쉽지 않을 일이었다.

지금도 만나면 그때의 추억담으로 이야기꽃을 피우는 아들들이 보기 좋다.

어머니 진밥 좋아하세요?

우리 교회 여자 성도들은 누구 할 것 없이 교회 식당에 들어가면 일 등 요리사가 된다. 나의 친정어머니·언니들·여동생까지 내 눈에는 모두 일등 요리사다. 반면에 나는 식재료 앞에 서면 언제나 겁이 덜컥 난다. 무엇을 어떻게 해야 할지 막막하다.

신혼 때 계란국을 끓였다. 소금인 줄 착각하고 조미료를 넣었다. 남편은 맛있다고 두 그릇을 먹었다. 친정에서 그 얘기를 했다가 놀림을 받기도 했다. 그래서 해마다 교회에서 담가 주는 김장김치가 나에게는 구세주다.

남편에게 늘 미안하다. 두 아들에게는 더 미안하다. 한창 성장할 나이에 음식을 제대로 못 해 주어서다. 두 아들이 기숙사가 있는 고등학교에 합격했을 때, 나는 두 배로 감사했다. 만약에 기숙사 없는 도시 학교에 진학하면 자취해야 했기 때문이다. 엄마가 음식도 제대로 못 해 주는데 자취를 하면 아들들이 더 고생할 것이기 때문이다.

교회 여자 성도들이 모이면 대화 중에 가끔 자기 남편의 식습관을 말하기도 했다. 어떤 이들은 끼니마다 국이나 찌개를 새로 끓인다고 했다. 어떤 이들은 신 김치를 싫어해서 자주 겉절이 김치를 해야 한다고

도 했다. 만약에 내가 그런 사람을 만났다면, 나는 벌써 쫓겨났을 것이다. 남편은 지금까지 반찬 투정을 한 번도 한 적이 없다. 지금 밥을 먹을 수 있는 것만도 감사하다고 했다.

결혼하기 전에 친정어머니께서 밥 짓는 법을 가르쳐 주셨다. 쌀을 씻어 솥에 넣고 손등 위로 물이 얼마쯤 올라오는지, 밥을 솥에 안치는 법을 가르쳐 주셨다. 전기밥솥을 사용할 땐 밥이 잘되었다. 압력밥솥을 사용하게 되면서 우리는 날마다 진밥을 먹었다.

나는 머릿속에 무엇인가 한 가지 기억해 놓으면 쉽게 바꾸지 않는다. 친정어머니께 배운 밥 짓는 법은 내 머릿속에 불변의 진리로 저장되어 있었다. 날마다 진밥을 먹으면서도 그 원인에 대해 분석해 보려고도 하지 않았다. 압력솥이라서 그런 줄만 알았다.

어느 날 큰며느리와 나의 대화 내용이다.

"어머니 진밥 좋아하세요?"

"아니, 좋아하지 않는데 압력솥에 하면 질어지더라."

"어머니, 그러면 물을 조금만 줄여 보세요."

내 머릿속 불변의 진리가 깨지는 날이었다.

후지산 등반이나 해 볼까?

나이가 먹는 것을 즐기는 사람은 별로 없을 것이다. 아주 어린 아이들은 혹시 모르겠다. 어느새 세월이 흘렀다. 가족이 함께 모이면 아들들이 "엄마 회갑 때 무얼 하면 좋을까요?"라는 말이 자연스럽게 나왔다. 나는 그럴 때마다 "글쎄, 후지산 등반이나 해 볼까?" 별 뜻 없이 그렇게 말하곤 했다.

그러다가 정말 회갑이 코앞으로 다가왔다.

"엄마, 정말 후지산 가실래요?"

큰아들이 물었다. 나는 머뭇거리며 엄마가 그냥 별 뜻 없이 한 말이었다고 대답했다.

주변에 일본 여행을 다녀온 사람들이 더러 있다. 온천도 많고 여행하기 좋다는 말도 들었다. 나는 그런 것들에는 별 흥미가 없었다. 기왕 일본에 가게 된다면 뭔가 의미 있는 이벤트를 만들고 싶었다.

잠깐 그런 마음이 들었을 뿐, 실제 후지산 등반까지는 생각하지 않았었다. 그런데 이상했다. "엄마, 정말 후지산 가실래요?" 하는 아들의 말이 자꾸만 귓가에 맴돌았다.

호기심에 인터넷을 검색해 보니, 높이가 3,776m였다. 우리나라 백두

산보다 1,032m 더 높다. 후지산 등반은 1년 중 7월 10일~9월 10일, 딱 두 달 동안만 가능하다. 그 외 시기에는 안전 문제로 등반이 통제된다.

이때부터 나의 내부에서 도전 의욕이 용솟음치기 시작했다. 곧 내 나이가 60이 된다. 지금 도전하지 않으면 기회는 다시 오지 않을 것이다. 나는 마음이 변할까 봐 서둘러서 아들에게 엄마 회갑 기념으로 후지산에 보내 달라고 말했다.

2019년 여름휴가 기간에 떠나기로 했다. 큰며느리와 새댁인 작은며느리는 후지산 등반을 포기했다. 남편하고 두 아들과 함께 도전하기로 했다. 모든 계획은 큰아들에게 맡겼다. 큰아들은 며칠이 안 되어 모든 예약을 다 마쳤다. 1년 남짓 남은 기간 철저하게 체력을 키워야 했다.

그런데 체력보다 더 시급한 문제가 우리를 가로막았다. 일본방문이 금지된 것은 아니었지만, 그즈음 조선인 징용 배상 문제로 대한민국 국민의 반일 감정이 최고조에 달해 있었다. 게다가 남편은 두 번째 가라면 서럽다고 할 애국자다. 내가 일본어를 배운다고 했을 때 반대할 정도였다.

내게는 꼭 후지산 등반을 해야 할 명분이 필요했다. 나는 하나님께 기도했다. 하나님께서 지혜를 주셨다. 후지산 정상에서 일본이 진정으로 사과하게 해 달라고 기도해야겠다는 결심이 섰다.

후지산 정상에 오르다

두 아들과 함께 외국에 나가는 것이 처음이었다. 등반 장비와 고산증 예방약을 챙겼다. 한·일 관계는 어수선했지만, 설레는 마음을 안고 일본으로 떠났다.

야마나시현 후지카와구치코에 도착했다. 세계 각국에서 몰려온 사람들로 거리마다 북적였다. 일본 사람보다 외국인들이 더 많아서 유럽이나 미국에 와 있는 느낌이었다. 한·일 관계의 악화 때문인지 한국 사람은 거의 눈에 띄지 않았다.

숙소에 도착하여 여장을 풀었다. 대여점에서 자전거 네 대를 빌렸다. 자전거를 타고 아들이 예약해 놓은 식당으로 향하는 마을 길이 우리나라 시골길처럼 정겨웠다. 점심을 먹고 넷이서 자전거를 타고 가와구치코 대교를 끼고 호수를 한 바퀴 돌았다.

다음 날 아침 일찍 버스로 후지노미야구치 고고메(5합목)로 떠났다. 후지산 고고메의 높이는 2,305m로 우리나라 한라산(1,947m)보다 358m 높다.

많은 사람이 여기서부터 등반을 시작한다. 5합목(10코스 중 5번째라는 뜻)에서 시작하여 정상 분화구까지 1,471m를 더 올라가야 한다. 사람들은 중간에 있는 대피소에서 1박을 하기도 한다. 우리는 잠을 자지 않고 하루에 정상까지 갔다가 내려오는 것으로 계획했다.

마지막 버스 시간을 확인하고 등반을 시작했다.

후지산 5합목에서부터는 거의 나무가 없었다. 정상을 향해 돌산을 오르는 것이다. 남편은 앞에서 씩씩하게 잘 올라갔다. 아메리카 원주민(Native American) 추장처럼 돌산을 잘 걸었다. 바위에 올라서서 우리를 돌아보며 힘내라고 말하고는 커다란 바위 너머로 휙 사라졌다. 잘 올라가는 것이 좋은 것이 아니라는 것을 우리는 곧 알게 되었다. 우리는 고산 등반의 경험이 없었다. 4천m에 육박하는 고산 등반을 너무 소홀하게 생각했다.

정상에 가까워지면서 남편은 점점 고산증 증세로 힘들어했다. 나도 눈이 아프기 시작했다. 고산증 예방약을 먹었는데도 고산증 증세가 왔다. 나중에야 알았는데 등반 속도가 빨랐던 것도 원인이었다. 이런 증상을 대비해서 산소통을 준비했어야 했다. 산 중턱에서 1박을 하는 것도 좋았을 것이다.

정상에 도착해서 우리는 컵라면을 먹었다. 남편은 아예 아무것도 먹지 못하고 누워 있었다. 후지산 정상에 분화구가 있었다. 분화구 둘레 길은 약 2.6km였다. 분화구는 원뿔형 현무암으로 물이 하나도 없었다.

우리가 도착한 지점 건너편 겐가미네봉에 후지산 정상 표지석이 있다. 남편이 매우 힘들어하니까 작은아들이 아버지 모시고 먼저 하산할 테니 형하고 엄마하고 분화구를 돌고 오라고 했다. 남편은 기회를 놓치면 안 된다고 끝까지 가 보겠다고 했다. 남편은 사력을 다해 후지산 겐가미네봉 3,776m 정상 표지석에 도착했다.

나는 일본의 최고봉 후지산 정상 표지석을 붙잡고 하나님께 기도했다. 일본이 진정으로 잘못을 인정하고 우리에게 사과하며, 양국이 평화롭게 지내게 해 달라고 기도했다.

정상의 분화구를 3분의 2 정도 돌았을 때부터 남편은 더 걷지를 못했다. 큰아들이 아버지를 등에 업었다. 나는 남편의 배낭을, 작은아들은 형의 배낭을 맡았다. 분화구를 다 돌고 하산이 시작될 때까지 큰아들은 아버지를 업고 걸었다. 고도가 낮아질수록 남편의 회복은 급속도로 빨라졌다. 참 신기했다. 나도 눈이 빠질 것같이 아팠다. 남편의 증상이 더 심했기 때문에 나까지 아프다고 말할 상황이 아니었다. 남편이 회복되고 나서야 아들에게 진통제를 달라고 했다.

산에서 지체한 시간이 예상보다 길어져서 막차를 타려면 서둘러야 했다. 해는 벌써 떨어졌다. 함께 올랐던 많은 사람은 중간에 있는 대피소로 들어가든지, 우리보다 일찍 하산했다. 우리 뒤에는 인기척이 거의 없었다. 쉬지도 못하고 계속 미끄러지듯 걸었다. 큰아들은 마음이 급했는지 남편과 한참을 앞서갔다. 작은아들이 뒤처진 엄마를 챙기며 끝나지 않을 것 같은 어슴푸레한 길을 하염없이 걸었다.

드디어 아슬아슬하게 막차 시간에 늦지 않게 출발했던 5합목에 도착했다. 표 사는 곳으로 달려갔던 작은아들이 맨손으로 왔다. 아침 출발

나의 꿈 그리고 나의 길

전에 확인했던 막차 시간이 주말에만 있다고 옆에 표시된 것을 못 보았었다. 주중에는 막차가 1시간 먼저 끝났다. 우리 숙소가 가까운 길이 아닌데 눈앞이 캄캄했다.

다행히 택시 한 대가 서 있었다. 큰아들이 택시가 있는 곳으로 달려갔다. 나이가 지긋한 택시기사와 나의 짧은 일본어로 대화를 나누었다. 힘들었던 후지산 등반은 이미 우리의 추억 속에서 우리를 즐겁게 했다. 돌아오는 차 안에서 우리는 신나게 이야기를 나누며 숙소가 있는 후지카와구치코로 돌아왔다.

힘든 순간을 잘 극복하기만 하면 잊지 못할 아름다운 추억이 된다. 용감한 우리 가족은 일본 최고봉 후지산 겐가미네봉 3,776m 등반 성공으로 평생 기억에 남을 만한 엄마의 회갑 기념 세리머니를 안겨 주었다.

무선청소기 '안나푸르나'

큰아들이 인도에서 공부할 때 네팔 안나푸르나 베이스캠프 트레킹을 다녀왔다. 베이스캠프는 4,136m 높이에 있지만, 준비를 철저히 하면 전문 등산인이 아니라도 할 수 있다고 했다.

실제로 아들이 거기에서 일본 할머니들을 만났다고 했다. 쉽진 않지만 눈 덮인 히말라야를 바라보며 트레킹하는 것은 장관이라고 했다.

아들에게서 안나푸르나 트레킹 경험담을 듣고 나서부터 남편은 꼭한 번 가 보고 싶다고 했다. 내가 별로 흥미를 못 느낀다고 했더니 기회가 되면 혼자라도 다녀올 거라고 했다. 한참의 시간이 흐르며 안나푸르나는 잊고 지냈다.

후지산 정상을 다녀온 저녁에 남편이 우리에게 뜻밖의 말을 꺼냈다.

"안나푸르나 트레킹 가려고 엄마한테 비밀로 하고 몇 년 동안 용돈을 모았다. 엄마가 청소기 고장 났다고 했는데도 못 사 주었다. 그 돈으로 엄마 청소기 사 줄 거다."

남편은 다신 높은 산에 오르지 않겠다고 했다. 남편이 고산증으로 고생한 것은 마음 아팠지만, 덕분에 나에게는 무선청소기가 생겼다.

나는 청소기에 이름을 붙였다.

'안나푸르나'

나의 꿈 그리고 나의 길

분주한 아침 에피소드

햇살 맑은 오월의 어느 날, 나는 아침 식사 준비하기 전까지 책상에 앉아 중국어를 공부했다. 시계를 보고 '앗! 또 늦었구나!' 빛의 속도로 주방을 향해 달렸다. 나는 달그락거리며 이것저것 순서도 없이 식탁을 차렸다.

남편이 현관문을 열고 들어오면서

"알라뷰~." 했다.

나는 못 알아들은 척 여전히 달그락거리며,

"응, 밖에 뷰가 좋다고?" 하며 하던 일을 계속했다.

나는 요구르트를 만들기 위해 유리로 된 반찬 통 세 개를 꺼내 놓았다. 요구르트 씨를 덜어 넣으며 남편을 불러서 도움을 청했다.

"오른쪽 통은 큰며느리, 왼쪽 통은 작은며느리, 세 번째 통은 요구르트 씨를 나누어 준 사모님을 위해서 마음속으로 기도하며 저어요.

아 참! 흘리면 안 돼요. 흘리지 않게 조심하며 저으세요!"

착한 남학생처럼 고분고분하게 요구르트를 젓던 남편이 조용한 목소리로 말했다.

"남자가 흘리지……."

남편의 말은 싱크대 물소리에 파묻혀서, 내 귀엔 "흘…" 자만 또렷이 들렸다.

"흘렸다고? 아이고!"

나는 소리쳤다. 남편이 다시 큰 소리로 말했다.

"남자가 흘리지 말아야 할 것은 눈물만이 아닙니다!"

순간 나는 배꼽이 빠지도록 웃음이 터져 나왔다. 언젠가 남편이 여자들은 절대로 볼 수 없는 글이 있다면서 어디에서 보았는지, 무슨 뜻인지 설명해 준 문구였기 때문이다.

한참을 웃던 나는 "여보, 우리 할아버지, 할머니 되면 매일같이 이러고 사는 것 아냐?" 또 한바탕 웃었다.

시간 절약하려고 도와 달라고 했는데, 웃다가 그만 시간이 훌쩍 지나갔다.

나의 꿈 그리고 나의 길

낯선 것에 대한 공포증

나는 낯선 물건을 처음 사용할 때 두렵다. 부피가 크거나 작거나 별 반 차이가 없다. 필요해서 샀음에도 한참 뜸을 들인 후에 개봉하기도 한다. 믹서기가 고장 나서 새것을 사 놓고 거의 1년이 다 되었을 때 처음 사용했다. 나는 무언가에 익숙해지려면 시간이 조금 걸린다. 남편과 함께 자전거를 타지만, 손질하고 관리하는 것은 모두가 남편 몫이다. 나는 심각한 기계치다.

언제부터인가 self 주유소가 곳곳에 생기기 시작했다. 그동안 나는 self 주유소를 피해 가며 주유했다.

남편이 능숙하게 self 주유기를 이용할 때, 나는 차 안에서 경이로운 눈으로 바라보았다. 남편이 주유를 다 하고 운전석에 앉자 내가 말했다.

"당신은 어떻게 못 하는 것이 없어. 천재야!"

"세 살 어린애도 할 수 있어. 당신도 해 봐."

나의 대답은 한결같았다.

"아니, 싫어. 다음에 배울래."

그러던 어느 날 비상사태가 발생했다. 집에서 출발하면서 주유소에 들러야 하는 걸 깜빡 잊었다. 전날 내 차의 주유 계기판에 숫자 표시가 사라지고도 한참을 주행했다. 다행히 진행하고 있는 방향 어디쯤 주유소가 있었는지 떠올랐다.

조마조마한 마음으로 그곳까지 갔다. 아뿔싸! 그곳은 self 주유소였다. 차 안에서 잠시 망설이다가 그곳에서 그냥 나왔다. 공터에 차를 세우고 근처에 다른 주유소를 검색해 보니, 거리가 너무 멀었다. 그냥 주행하다가는 도로 한복판에 차가 멈출까 봐 불안했다.

나는 비장한 각오를 하고 방금 나온 그 주유소로 다시 갔다. 마침 주유소 관계자처럼 보이는 남자가 기계 주변에 있었다. 구세주를 만난 것이다. self 주유기를 처음 사용하려고 한다고 했더니, 차근차근 잘 가르쳐 주었다. 주유기를 빼는 것도 낯설었고, 내 차의 주유구 뚜껑을 덮는 것도 낯설었다. 낯설기는 했지만, 드디어 self 주유기를 사용했다.

나는 속으로 중얼거렸다.

"남편이 가르쳐 준다고 했을 때 진작에 배워 놓을걸."

엘림정을 선사 받았다

    나는 시골에서 자라서인지 땅과 나무와 하늘이 좋다. 사람에게는 대부분 소유욕이라는 게 있다. 나에게도 작은 욕심이 있었다. 아주 작은 평수라도 내 소유의 땅을 갖고 싶었다. 열 평 정도의 땅이라도 있으면 좋겠다는 꿈이었다. 갖가지 채소를 심고 커 가는 것을 보고 싶은 생각에서였다. 현실적으로 그것은 쉬운 일이 아니다. 마음으로만 생각하다가 이내 접기로 했다.

    남편은 산과 계곡을 무척 좋아한다. 2023년 여름휴가를 아이들과 함께 보냈다. 두 아들 내외와 만나기 전, 하루의 시간 여유가 있어서 괴산에 있는 산에 갔다. 큰길에서 가까운 곳에 등산로가 있었다. 등산로 옆으로 계곡이 있었다. 당장이라도 들어가 보고 싶었지만 내려올 때 들어가자며 참았다.

    산에서 내려오면서, 올라갈 때 점찍어 놓았던 계곡물에 발을 담갔다. 우리는 그곳을 엘림정이라 부르자고 했다. 남편이 구약성경 출애굽기 15장 27절에 나오는 엘림에서 이름을 생각해 냈다. 엘림은 물샘 열둘과 종려나무 일흔 그루가 있는 오아시스였다.

    물론 우리의 엘림정은 다른 사람들도 쉬었다 갈 수도 있다. 그렇더라도 그들에겐 별다른 의미가 없는 계곡일 뿐이다. 하지만 남편이 엘림이란 이름을 생각해 낸 순간부터 우리에게는 특별한 곳이 되었다.

하나님께서 나를 향해서 "내가 너를 지명하여 불렀나니 너는 내 것이라." 하신 것처럼, 우리가 이름을 붙였으니 엘림정은 우리 것이다.

이름을 지어 놓으니 그곳은 나의 땅이 된 기분이었다. 주변을 둘러보니 참 아름다운 숲이었다. 이제 내 땅을 갖고 싶은 욕심이 없어졌다. 물론 채소를 심을 수도 없다. 내가 경작할 땅도 아니다. 그런데도 이름을 붙여 놓으니 하나님께서 특별히 나에게 선물로 주신 장소처럼 느껴졌다.

엘림정을 통하여서 나의 욕심이 사라졌다는 게 참 신기했다. 언제 다시 그곳에 가게 될지 모르지만, 그곳에 하나님께서 나에게 주신 땅이 있다고 생각하니 내가 큰 부자가 된 기분이다.

나의 꿈 그리고 나의 길

Chapter 3

만남의 행복

남편의 청소년기

시댁엔 맏이인 남편 아래로 남동생 한 명, 여동생 두 명이 있었다. 내가 남편을 처음 만났을 때, 바로 아래 여동생은 어느 호텔에서 근무했다. 일본어를 공부하고 있다고 했다. 그 아래 남동생은 공군에서 군 복무를 하고 있었다. 막내 여동생은 이화여자대학교에 다니고 있었다. 내가 결혼하기 전 막내 시누이를 만나러 이대 캠퍼스에 갔던 기억이 난다.

남편의 어렸을 적 가족사진을 보면 부유함이 느껴진다. 나는 비슷한 시기에 사촌 오빠들이 작아서 못 입는 옷을 갖다 입었다. 남편이 초등학교를 졸업할 때까지는 그 시절의 TV드라마에서나 볼 수 있을 정도의 풍요로운 생활을 했다. 남편은 그림 그리기를 잘했다. 소년 한국일보 주최 경복궁 사생대회에서 입상하기도 했다.

남편이 시골에 있는 시아버님 사업장에 가면, 서울 도련님 오셨다고 동네 사람들이 보러 왔다고 한다. 남편이 초등학교 6학년 때부터 시아버님의 사업이 기울기 시작했다. 그때부터 남편의 고난이 시작되었다.

남편이 열일곱 살 때 시아버님이 소천하셨다. 남편이 처했던 고생과 어려움이 몇 마디 표현 속에서 묻어났다. 부유하게 살다가 바닥으로 내려앉아 다시 일어서는 것은 결코 쉬운 일이 아니다.

남편은 장남으로서 기울어진 가정의 가장 노릇을 해야 했다. 막내 여동생은 이화여대 법대를 4년 동안 장학생으로 다녔다. 학생들 과외 지도를 하며 어머니를 도왔다고 했다. 순전히 자기 힘으로 대학을 다니고 있는 동생을 보며 마음 아파했다.

나는 남편이 서울에 있는 경동중학교 시험에 합격하고도 진학하지 못했다는 말을 듣고 마음이 아팠다. 그때부터 남편의 고학이 시작되었다. 남편이 용산고등학교 부설 방송통신고등학교를 졸업하고, 감리교 신학대학교에 입학했다는 말을 듣고 나는 깜짝 놀랐다. 나 역시 가정 형편 때문에 창덕여자고등학교 부설 방송통신고등학교를 다녔기 때문이다.

남편이 하나님을 만나고 신학대학교에 들어갔다. 진학을 결정할 때, 가장 힘들었던 부분이 집안의 가장으로서 어머니가 고생하시는 것이었다. 어렵게 각자 학교생활을 이어 가는 동생들이 고마웠다. 그러면서도 한편으로는 늘 마음에 걸렸다. 남편은 신학대학교를 졸업하고 목회를 하면서 깨닫게 되었다고 했다. 자신이 겪은 고난이 절대 헛되지 않았고 의미 있는 시간이었다고 했다. 그런 과정을 겪었기에 하나님이 맡겨 주신 성도들의 마음을 더 잘 이해할 수 있고 보살필 수 있다고 했다.

교회 청년회장의 안부 전화

　나는 고등학교를 졸업하고 대학 진학은 꿈도 꾸지 못했다. 나는 취직을 하고자 노력했다. 학원에서 타자를 배웠다. 영어 타자를 먼저 배워서 3급 자격시험에 합격했다. 이어서 한글 타자 3급 자격증도 땄다. 수원 지역 공무원 시험에 응시했지만 떨어졌다. 지인의 소개로 서울 마포구 합정동에 있는 광고기획 사무실에 취직했다. 나의 울타리였던 둘째 언니는 결혼해서 충남 아산으로 떠났다. 나는 혼자 서울에 남았다.

　직장 근처 마포구 합정동에 집을 구하고 싶었다. 그렇지만 합정동에 방을 구할 만한 형편이 되지 못했다. 직장에서 멀리 떨어진 시흥동에 임시로 방을 구했다.

　이사한 날은 수요일이었다. 이삿짐도 다 풀지 못했는데 수요 예배 시간이 되었다. 집에서 나와 감리교회를 찾았다. 어떤 분이 위치를 가르쳐 주었다. 쉽게 찾을 수가 없었다. 눈앞에 큰 교회가 있었다. 내가 찾는 감리교회는 아니었다. 그냥 그곳에서 예배드릴까 잠시 생각도 했다. 하지만 분명히 그 근처에 감리교회가 있다고 했다. 끝까지 찾기로 마음먹고 찾아간 곳이 염광감리교회였다.

　그 무렵 나는 제2의 사춘기를 앓고 있었다. 방송통신고등학교의 힘듦과 혼자서 서울에서 살아가야 한다는 두려움이 몰려왔다. 내가 고등학교에 2년 늦게 들어갔기 때문에 고3 때에는 우리 집에 고등학생이 3명이었다. 바로 아래 여동생은 예산여고, 그 아래 남동생은 천안고등학교, 막내는 아직 중학생이었다. 부모님은 집 안에 있는 학생이 세 명인데 나까지 신경 쓸 여유가 없었다. 힘들게 고등학교를 졸업했다. 졸업 후 어렵사리 직장을 잡았다.

퇴근 후에 피곤한 몸으로 교회에 들러서 기도했다. 깜깜한 예배당 안에서 나의 앞날을 하나님께서 이끌어 주시길 기도했다.

염광감리교회 청년회장의 이름은 김만오였다. 내가 염광교회에 나갔을 때, 바로 직전에 청년부 부흥회가 끝났다고 했다. 청년회장은 여자 청년 한 명을 나에게 소개했다. 그 여자 청년은 내가 교회 생활에 익숙해지도록 도와주었다.

시흥동에서 6개월을 살다가 직장 가까운 합정동으로 이사했다. 염광감리교회도 떠나야 했다. 어느 날 염광교회 청년회장에게서 전화가 왔다. 잘 지내고 있냐는 안부 전화였다.

그 안부 전화가 내 평생의 안부를 책임지는 목소리가 되었다.

감성이 이성을 이기다

사회 초년 시절 나는 직장 생활을 하면서 신앙생활과 피아노 연습에 매진하며 꽉 찬 일상을 이어 갔다.

어느샌가 가끔 걸려오는 염광감리교회 청년회장의 안부 전화가 차츰 보고 싶은 전화가 되었다. 그 무렵 보고 싶은 전화의 주인공으로부터 뜻밖의 말을 듣게 되었다.

"신학대학교에 들어가려고 준비 중입니다."

그 말을 듣고 나니 마음이 복잡해졌다. 심각한 고민 하나가 생긴 것이다. 나는 한 번도 목사의 아내가 되겠다는 생각을 해 본 적이 없었다. 며칠간 서로 생각을 정리하고 만나기로 했다. 나는 더 만나지 않기로 마음먹었다. 목사의 아내가 될 자신이 없었기 때문이다.

며칠 후에 우리는 만났다. 마포구 합정동에 있는 절두산 성지 공원에 갔다. 그는 자기가 신학대학교에 가려고 결심한 과정을 조용한 목소리로 내게 들려주었다. 그러면서 마지막으로 이렇게 말했다.

"결혼하지 않을 사람과 교제하는 것은 옳지 않다. 나를 도와서 함께 하나님의 일을 하겠느냐. 아니면 우리는 여기에서 헤어져야 한다."

더는 만나지 않기로 마음먹고 나갔던 나의 입에서, 이런 말이 나왔다.

"부족하지만 열심히 돕겠다."

그의 진심이 내 안의 감성을 움직였고, 이성의 날카로운 판단력을 잠재운 것이다. 우리의 연애는 이렇게 시작되었다.

김만오 씨는 1980년 감리교 신학대학교에 입학했다.

비 오는 날 우산은 하나

연애 시절 우리는 함께 가끔 경의선 기차를 타고 교외로 나갔다. 아스라이 펼쳐진 들길을 걷는 게 좋았다. 그때 처음으로 도롱뇽 알을 보았다. 나는 개구리 알이라고 우겼다. 내가 고집이 세서 우기니까 그는 그냥 져 주었다. 나중에 알고 보니 도롱뇽 알이었다. 도롱뇽 알은 마치 투명한 순대 속에 까만 알갱이가 들어 있는 것처럼 보였다.

창경궁으로 벚꽃을 보러 가기로 한날 비가 왔다. 나는 우산을 가지고 나갔다. 그는 맨손으로 그냥 나왔다. 우리는 어쩔 수 없이 내가 가지고 나간 우산을 함께 썼다. 그가 우산을 가지고 나오지 않아서 좋았다. 핑계 김에 처음으로 팔짱을 끼고 즐겁게 보낼 수 있었으니까.

1981년, 나는 건강이 좋지 않아 시골 부모님 집으로 내려갔다. 컴퓨터와 스마트폰이 없던 시절이었다. 우리는 서로 많은 편지를 주고받았다. 부모님 일손도 돕고 어머니 친척이 운영하는 예식장에서 예식 피아노 반주도 하고, 찬송가 반주 연습도 했다.

가톨릭교리신학원 통신 성서교육부에서 신·구약 성경 공부를 했다. 신학생인 그에게 내가 공부하고 있는 교재를 보여주었다. 그는 분도출판사 책은 신학교에서도 사용하는 좋은 책들이라고 했다.

김만오 씨가 부모님께 인사드리러 시골에 내려왔다. 그때 그에게 해주신 친정아버지의 말씀이 큰 힘이 되었다.

"사람이 목표를 세웠으면, 어떤 어려움이 있어도 끝까지 포기하지 말고 그 뜻을 향해서 나가야 한다."

연애 시절 그는 서울에 있는 어느 교회에서 교육전도사로 있었다. 따로 방을 얻을 형편이 안되어 교회에 딸린 쪽방에서 지냈다. 그는 학교생활과 교회 사역을 병행하기에 시간이 많지 않았다. 공부를 게을리하면 장학금을 못 받으니까 공부를 소홀히 할 수도 없었다. 아버님이 안 계신 집안에서 가장으로서 힘들고 어려운 시기였다는 것을 나중에야 알게 되었다.

1982년 10월, 감리교 신학대학교 웰치 기념관에서 나는 신학생 김만오 씨와 결혼식을 올렸다.

시어머님이 주신 숟가락

내가 결혼해서 살림을 시작할 때 시어머님이 조미료와 설탕을 유리병에 담아 주셨다. 그리고 숟가락 두 개를 주셨다.

"이거 내가 미군 부대에 근무할 때 산 거다."

양식집에서 흔히 볼 수 있는 약간 두툼하면서 길이가 짧은 숟가락이었다. 하나는 없어졌고 하나는 지금까지 사용하고 있다. 남겨진 하나는 잃어버리지 않으려고 조심하고 있다. 어머님이 남겨 주신 유일한 유산이기 때문이다.

남편에게 숟가락 얘기를 했더니, 어머님이 결혼하기 전에 미군 부대에 근무했었다고 한다. 어머니는 영어도 조금씩 하셨다. 일본어는 능숙하게 잘하셨다. 내가 진작에 일본어를 시작했더라면, 어머니와 연습할 수도 있었을 것 같다. 그런데 시골에서 성장한 나와 신교육을 받고 서울에서 사셨던 어머님은 정서적으로 많은 차이가 있었다.

어머님이 들려주셨던 고향 철원의 이야기는 언젠가 읽었던 소설 속의 이야기 같았다. 시어머니의 부모님은 부농이셨다. 집안에 일하는 사람들이 몇 명 있었다고 했다. 어머님은 교육을 많이 받으셨다. 남편이 가지고 있는 어머님의 젊었을 때 사진을 보면 세련된 외모를 하고

나의 꿈 그리고 나의 길

계셨다.

어머님은 결혼 후에도 부유한 생활을 했다. 2남 2녀를 낳으시고 다복한 가정을 꾸리셨다. 시아버님의 사업이 기울기 전까지는 남부러울 것이 없었다. 시아버님이 소천하시고 얼마 동안 어머님은 행상도 하셨다고 했다. 남편은 그 일을 회상하며 항상 마음 아파한다. 그 후로 어머님은 서울 명동의 어느 금은방에서 일본어 통역을 하셨다고 했다.

2006년, 만학도인 내가 대학교 3학년 가을학기가 시작할 무렵이었다. 시어머니께서 우리 집에 오셨다. 그때는 어머니 다리가 불편해서 계단을 마음대로 오르내리기가 어려웠다. 주일 아침이면 나는 어머니를 업어서 1층의 예배당 의자에 모셨다. 어떤 날엔 예배가 끝난 후 청년들에게 부탁해서 어머니를 업어서 올려 달라고 하기도 했다.

어머니는 관절염으로 오래 고생하셨다. 병원에 자주 다니며 치료를 받았다. 어머니를 등에 업고 주차장으로 갈 때마다 어머니는 "미안하다. 내가 너를 고생시키는구나." 하시곤 했다. 마르신 체구였으나 등에 업으면 내 다리가 휘청거렸다. 어머니를 업고 계단을 내려가는 일은 쉽지 않았다. 자칫하면 앞으로 쏠려서 넘어질 수도 있다. 어머니를 업고 올라오는 것은 내려가는 것보다는 덜 어려웠다. 나는 어머니를 등에 바짝 올려업은 후에 어머니께 내 목을 꼭 끌어안으라고 말씀드렸다.

어느 날부터 내가 학교에서 돌아오면 어머니가 이상한 말씀을 하시곤 했다. 처음에는 별것 아니려니 생각했다. 빈도가 잦아지면서 남편과 나의 마음이 불안했다. 지금까지도 내 마음을 짓누르는 것이 있다. 어머니가 하나님 나라에 가실 때까지 집에서 쭉 모시지 못한 죄책감이다.

시간은 그렇게 흘러갔다. 시어머님이 주신 숟가락을 사용하면서 나는 어머니와 대화를 한다. 내 마음이 슬펐던 일도, 어머니께 죄송했던 일도, 잃어버린 숟가락 하나도 모두 다 지나간 시간 속에 묻혔다.

뜻이 있는 곳에 길이 있다

합정동 자취방에서 사무실로 가는 중간에 피아노 학원이 있었다. 퇴근할 때마다 들려오는 피아노 소리가 듣기 좋았다. 배우고 싶었지만 그럴 만한 형편이 못 되었다. 매일 그 앞을 지날 때마다 피아노 소리가 나를 불렀다. 피아노 건반이 인쇄된 종이를 책상에 올려놓고 손가락으로 짚으며 "도레미파." 입으로 피아노를 쳤다.

시간이 흐르며 피아노를 배우고 싶은 간절함은 더해 갔다. 그때 마음속에 한 가지 묘안이 떠올랐다. 피아노 학원은 학생들 개인 지도가 끝나면 분명 교실을 청소해야 할 것이다. 청소할 사람이 필요한지 물어보고 그 대가로 피아노를 가르쳐 달라고 하자. 내 가슴은 벌써 부풀어 올랐다.

용기를 내어 학원 문을 두드렸다.

"혹시 청소할 사람이 필요하지 않나요? 초등학교 자녀가 있으면 숙제를 도와줄 수 있어요. 대신 피아노를 배우고 싶습니다. 혼자 연습할 테니 틀리는 부분만 지도해 주세요."

진지한 어조로 원장님에게 나의 사정을 얘기했다. 원장님으로부터 뜻밖의 대답을 듣고, 나는 하마터면 눈물을 쏟을 뻔했다.

"마침 잘되었네요. 내가 종로에 있는 교회에 수요일 저녁 예배 반주를 하러 가야 해요. 4학년 딸이 있는데 돌봐줄 사람이 필요했어요. 당장 오늘부터 부탁해요."

원장님은 처음 보는 나를 흔쾌히 받아 주셨다. 내 마음의 소원을 아시고 인도해 주신 하나님의 손길을 느꼈다.

초등학교 학생들이 어질러 놓은 책들을 가지런히 정리했다. 학원 정리와 청소를 마친 후, 원장님 딸의 공부도 지도해 주었다. 그토록 바라던 피아노를 배울 수 있어 행복했다. 수요일에는 원장님이 돌아올 때까지 기다리며 원장님 딸과 함께 있어 주었다.

나는 그렇게 피아노에 입문했다.

스리랑카에서 온 청년 근로자 샹칼랄

2004년 1월, 수요예배가 끝난 직후 아직 피아노 의자에 앉아 있을 때였다. 성도 한 명이 급하게 나에게 다가왔다. 낯선 외국인이 왔으니 빨리 나가 보라고 했다.

약간 검은 피부에 턱 주변이 까만 구레나룻으로 덮인 청년 한 명이 예배당 의자 맨 뒤쪽에 앉아 있었다. 나는 몇 마디 말을 걸었다. 그는 대답이 없었다. 혹시 몰라 이번에는 영어로 말을 건넸다. 그 순간 청년의 눈빛을 나는 지금까지도 잊을 수가 없다. 안도의 표정이랄까, 아니면 놀람의 표정이랄까. 그 청년은 영어를 알아들었다.

남편과 나는 스리랑카 청년 샹칼랄을 따뜻하게 품어 주었다. 어떤 사람이 우리 교회에 가 보라고 해서 왔다고 했다. 그는 한국말을 전혀 하지 못했다. 영어로 의사소통을 했다. 남편은 한국말을 부지런히 가르쳤다. 나는 예배가 끝난 후 남편의 설교를 요약해서 설명해 주었다. 그는 1년 후에 세례교육을 받았다. 남편이 샹칼랄에게 세례예식을 행했다.

2004년은 우리 교회 새 예배당 건축이 마무리되던 해였다. 건축 마무리 작업엔 여기저기 사람의 손길이 필요했다. 그 청년은 남편에게 보이지 않는 도움의 손길이었다. 그는 회사에서 퇴근하면 교회로 달려와서 목사님을 도왔다. 토요일이면 주보를 접고, 정리하는 일을 도왔다. 그해 12월 샹칼랄의 생일에 조촐한 파티를 열어 주었다. 청년의 친구들은 모두 인도 사람이었다.

비자가 만료되어 샹칼랄이 스리랑카로 귀국하는 날이었다. 남편과 나는 인천공항까지 차로 배웅해 주었다. 마침 작은아들이 집에 왔다가 동행했다. 그 청년은 뒷좌석에서 아들과 재미있게 이야기를 나누고 있었다. 공항 안내 표지판이 나타나자 갑자기 뒷좌석이 조용해졌다.

나는 궁금해서 뒤를 돌아보았다. 그 청년의 눈에서 닭똥 같은 눈물이 뚝뚝 떨어지고 있었다. 나에게 눈물을 들켜 버린 샹칼랄은 참고 있던 울음보가 터져 버렸다. 꺼이꺼이 목 놓아 울기 시작했다.

나는 사람의 눈에서 그처럼 많은 눈물이 흘러나오는 것을 그때까지 본 적이 없었다.

나의 꿈 그리고 나의 길

Elly의 담요 조각 사연

덕산중학교 원어민 교사였던 Elly Henderson은 키가 큰 노랑 머리의 미국인이다. 내가 그녀를 만났을 때 한국에 온 지 얼마 되지 않았기 때문에 한국말을 전혀 하지 못했다. 우리는 자연스럽게 친구가 되었다. 그녀는 나를 Korean Mom(한국 엄마)이라 불렀다.

Elly의 고향은 미국 뉴욕주에 속한, 캐나다와 국경 지역인 Buffalo다. 그녀는 기독교인이어서 마음이 편했다. 남편이 목회 일정으로 집을 떠났을 때, 그녀가 우리 집에 와서 일주일간 함께 지낸 적이 있다. 우리는 피아노로 젓가락 행진곡을 함께 치며 즐거웠다. 하루는 그녀가 우리 집에서 멀리 떨어진 이월중학교에 강의를 나가야 했다. 나는 그녀의 운전기사가 되어 주었다.

저녁에 잠자리를 마련해 주고 있을 때, 그녀가 가방에서 꼬질꼬질한 무엇인가를 꺼냈다. 집을 떠나올 때 그녀의 어머니가 Elly가 덮던 담요를 잘라 주었다고 했다. 잠잘 때마다 꼭 손에 쥐고 자라고 하셨단다. 딸을 타국에 보내며 염려하는 엄마의 마음이 느껴져 짠했다. 그녀의 어머니와 통화를 했다. 특별히 해 준 것도 없는데 연신 고맙다고 했다.

Elly와의 만남을 통해서 하나님께 감사했다. 기독교가 한국에 들어

올 때 우리는 미국 기독교인의 은혜를 입었다. 그들을 통해 전파된 복음으로 지금의 우리가 하나님을 알게 된 것이다.

Elly가 미국으로 돌아가고, 미국인 흑인 교사 Shannon이 덕산중학교에 왔다. 그녀도 2년 동안 우리 교회에 나왔고 함께 영어 공부도 했다. Shannon은 본국으로 돌아간 후에 아쉽게도 연락이 끊겼다. Elly와 Shannon의 친구가 되어 주며, 아주 작은 일이지만 민간 외교를 하고 있다는 자부심을 느꼈다.

우쿨렐레와의 만남

나의 왼손 손가락에 이상을 느낀 것은 10년 전쯤이었다. 예배 중 오르간을 칠 때 자꾸만 왼손 중지와 약지가 힘없이 미끄러졌다. 의사가 손바닥에 있는 힘줄에 염증이 생긴 것이 원인이라고 했다. 겉으로 보기에는 아무 이상도 없다. 일상생활에도 큰 지장은 없다. 그러나 피아노를 칠 수가 없다. 마침 건반 악기를 칠 수 있는 성도가 교회에 나왔다. 그녀에게 오르간 반주를 맡겼다.

의사가 말하기를 지금 상태로는 수술할 시기는 아니라고 했다. 침도 맞고 물리치료도 받아 보았다. 그러나 언제까지 계속할 수는 없었다. 나는 손끝에 자극을 많이 주면 좋아질 수도 있을 것 같다는 막연한 기대로 기타를 배우기 시작했다. 왼손 중지와 약지에 힘이 하나도 없었지만, 물리치료 한다고 생각하면서 연습했다.

그 무렵 영어 공부를 함께하는 성도 집에서 가정예배를 드렸다. 우쿨렐레가 있는 것을 보았다. 나는 반가움에 "우쿨렐레 배우시네요."라고 말했다. 그해 오월에 나는 뜻밖에도 영어 교실 학생들로부터 우쿨렐레 선물을 받았다.

여섯 줄 기타를 연주하다가 넉 줄 우쿨렐레를 접하니 왼손이 훨씬 편했다. 두 가지를 겸하기에는 시간이 부족해서 기타는 당분간 접기로 했다. 청주에 있는 선생님을 찾아가 열심히 우쿨렐레를 배웠다.

그때부터 나는 우쿨렐레 전도사가 되었다. 우쿨렐레는 장점이 정말 많은 악기다. 기타와 비슷하게 생겼는데 악기의 크기는 기타보다는 작다. 악기의 현이 넉 줄이라서 왼손 손가락 움직임이 기타보다는 쉽다. 특히 소리가 맑고 경쾌해서 사람의 마음까지도 밝게 해 준다.

열심히 배워서 우쿨렐레지도자 2급 자격증을 땄다. 나는 우리 교회 우쿨렐레 교실에서 가르치고 있다. 나이가 많은 어른 학생들이지만 열심히 하는 모습이 참으로 사랑스럽다. 크리스마스 재롱잔치에서 연주하려고 열심히 연습하고 있다. 학생들이 또 다른 제자를 가르칠 수 있는 데까지 성장하도록 돕고 싶다. 이미 두 명의 제자가 나와 함께 2급 자격증을 받았다.

결과적으로 손가락이 아픈 것 때문에 나는 우쿨렐레를 만날 수 있었다. 범사에 감사하라는 하나님 말씀이 우리의 삶을 운행해 가심을 다시 한번 깨닫는다.

병아리 부화하기

지인의 농장을 방문한 적이 있다. 농장 한쪽에 나의 호기심을 끈 것이 있었다. 바로 닭장이었다. 닭 한 마리가 낯선 내가 가까이 다가가도 무서워하거나 도망가지 않았다. 도망가기는커녕 오히려 반갑게 다가왔다. 지인의 손녀딸이 부화시켜서 키운 닭이라고 했다. 집 안에서 사람과 함께 자란 녀석이라 그런지 사람을 잘 따른다고 했다. 그 말에 나의 호기심에 발동이 걸렸다.

집으로 돌아와 인터넷 쇼핑몰을 뒤져서 병아리 부화기를 주문했다. 부화기가 스티로폼 상자였다. 내부에 열선이 깔려 있었다.

부화기가 도착했다는 소식에 지인이 청계 유정란을 몇 개 가져다주었다. 아홉 개의 알을 조심스럽게 부화기 안에 넣었다. 공부한 대로라면 21일이 지나면 병아리가 나올 것이다. 과연 병아리가 나올 것인지 기다리는 21일이 길게 느껴졌다.

남편의 말이 파각(병아리가 알껍데기 속에서 부리로 껍질을 쪼는 행위)이 시작되고 8시간이 경과되어도 병아리가 스스로 나오지 못하면 인공으로 파각을 해 주어야 한다고 했다.

21일째 오전에 한 녀석이 파각을 시작했다. 오후에는 껍질 주변을 빙 돌아가며 파각이 되고 있었다. 그러나 8시간이 지났음에도 별 진척이 없었다. 비상사태다. 남편이 핀셋으로 알껍데기를 조금씩 떼어 내었다. 잠시 후 병아리가 머리를 쑥 내밀고 "삐약삐약." 소리를 냈다. 2023년 3월 15일 오후 10시 44분이었다. 내 손으로 병아리를 부화시킨 것이 신기했다. 미리 준비했던 백열등이 설치된 병아리 키트(kit)에 갓 태어난 병아리를 옮겨 놓았다.

부화기에 남아 있는 알들을 손톱으로 톡톡 쳐 보았다. 속에서 아주 작게 "삐약삐약." 소리가 났다. 이미 파각이 시작된 알도 있었다. 그런데 크기도 작고, 손톱으로 쳐 보아도 반응이 없는 알이 있었다. 이 녀석은 희망이 없나 보다고 남편이 말했다. 일단은 다음 날 새벽에 보기로 하고 잠을 잤다.

새벽에 일어났을 때 뜻밖의 일이 벌어졌다. 파각을 시작했던 알의 상태는 거의 변함없이 그대로 있었다. 희망이 없어 보인다고 걱정했던 그 녀석이, 자신이 깨고 나온 껍질 위에 앉아 삐약대고 있었다. 밤사이에 스스로 부화하여 세상에 나온 것이다.

이 녀석은 자라며 얼마나 활발한지 병아리 우리에서 탈출을 잘하여 빠삐용이라는 별명을 붙여 주었다. 끝까지 희망을 버리지 말아야 하는 것은 사람이나 동물이나 똑같았다. 그 후로 두 마리가 더 부화했다. 한 마리는 부화는 했으나 살지 못했다. 나머지 다섯 개는 무정란이었다. 병아리들을 지인 집으로 시집보내기 전 한 달 동안 빠삐용을 비롯하여 귀여운 병아리들과 함께 행복한 시간을 보냈다.

짧은 중국어로 사람의 마음을 만져 주다

내가 다니는 미장원 원장은 오래전부터 영어 공부를 하고 있다. 미장원에는 외국인들도 자주 오기 때문이라고 했다. 나는 중단하지 않고 배움을 계속하고 있는 그녀를 항상 응원한다. 그래서인지 내가 미장원에 가면 서로가 공부하는 이야기를 자연스럽게 하게 됐다. 서로의 삶을 응원하는 사이가 됐다.

어느 날 내가 미장원에 갔을 때, 나는 요즘에 중국어 공부를 하고 있다고 했다. 내 말을 듣고 그녀는 나에게 소개해 주고 싶은 중국인이 있다고 했다. 그녀의 미장원에 머리 깎으러 오는 고객 중에 중국인 남자가 있다고 했다.

그녀가 말하기를, 그 중국인은 어느 회사 과장인데 여느 중국 사람하고는 달라 보이더라고 했다. 그는 한국말을 할 줄 알지만, 그의 부인은 한국말을 한마디도 못 한다고 했다. 부부가 함께 미장원에 오면 부인은 말을 잘 하지 않고 앉아 있다가 간다고 했다. 그러면서 내 전화번호를 알려 주면 연락하겠다고 했다. 나는 교회 위치와 전화번호를 알려 주었다.

얼마 후에 그 중국인에게서 전화가 왔다. 알고 보니 그는 중국말과 한국말을 하는 조선족이었다. 그의 아내는 한족이었고 중국에 있을 때 교회에 나갔었다는 사실을 나중에 알았다.

그녀의 남편은 자기 아내를 교회까지 차로 데려다주고 갔다. 그녀의 이름은 왕 샤오메이였다. 그녀는 내 옆에 앉아서 예배를 드렸다. 놀랍게도 그녀는 한글 성경을 더듬더듬 읽었다. 그런데 뜻은 모른다고 했다. 한국에 오기 전에 혼자서 한글 읽기를 공부했다고 했다.

그때부터 매주 토요일 오후에 나는 샤오메이에게 한국말을 가르쳤다. 한국에서 펴낸 어린이용 중국어 교재를 두 권 샀다. 그녀는 나에게 중국어를 가르쳐 주고, 나는 그녀에게 한국어를 가르쳤다. 서로에게 숙제도 내 주고 검사도 철저하게 했다. 우리는 서로를 선생님이라고 불렀다.

그녀가 공부하러 올 땐 자전거를 타고 왔다. 가을 하늘이 아름다웠던 어느 토요일, 우리는 자전거를 타고 야외 학습을 나갔다. 덕산을 흐르고 있는 한천 뚝방 길을 달리며 우리는 많이 웃었다. 또한, 주변의 사물을 보며 한국말을 가르쳐 주었다. 샤오메이도 나도 행복한 시간이었다.

그로부터 얼마 후에 그녀의 남편에게서 전화가 왔다. 우리 부부에게 저녁 식사를 대접하고 싶다고 했다. 우리는 중국인이 직접 요리하는 중국 식당으로 갔다. 식사하면서 그녀 남편의 말을 듣고 나는 깜짝 놀랐다.

자기 아내가 한국에 와서 적응을 못 하고 힘들었다고 했다. 밖에 나가도 말이 통하지 않으니 집 안에만 있으려고 했단다. 어쩌다 일하러 나가도 소통의 어려움으로 일을 계속하지 못했다고 했다. 사람을 만나지 못하고 집 안에만 있다 보니, 심각한 우울증 문턱까지 갔던 상황이었단다. 그러다가 나를 만났고, 그때부터 자기 아내가 생기를 되찾았다고 했다.

저녁을 함께 먹으면서 내가 무슨 말을 하자, 샤오메이가 밝게 웃었다. 그녀의 남편이 말했다.

"아내가 저렇게 웃는 모습을 본 지가 언제인지 모르겠습니다."

나는 그 말을 듣고, '나의 짧은 중국어 몇 마디로 그녀의 마음을 만져 줄 수 있었구나.' 생각하며 하나님께 감사했다.

집 안 청소에 사랑이 담겨 있다

목사의 일 중에서 가장 우선 되는 것은 예배를 집례하는 것이다. 그 외에도 많은 일이 있다. 그중에서도 중요한 한 가지는 성도를 가르치고 보살피는 것이다.

어느 성도의 가정을 방문했을 때의 일이다. 현관이 깨끗하게 정돈되어 있었다. 그 가정에서 예배를 드리고 나오는데 부인이 신발을 신지 않은 채로 현관문을 열어 주었다. "어! 신발을 안 신었네요." 했더니, "아까 아이 아빠가 청소하며 신발을 치웠나 봐요."라고 말했다. 나는 머릿속으로 그 광경을 떠올리며 빙그레 미소 지었다.

아들이 둘 있는 지인이 서울에 살고 있다. 큰아들이 곧 결혼한다는 소식을 전해 왔다. 예비 며느리가 집에 온다는 며칠 전부터 지인 내외는 집 안 구석구석을 청소하느라 분주했다. 심지어 화장실 천장까지 닦았다. 그런데 정작 예비 며느리는 화장실에는 들어가지도 않고 갔다고 해서 함께 웃었다.

우리 집에 큰며느리가 처음 왔을 때를 추억해 보았다. 서울 지인과 마찬가지로 우리도 청소하느라 정신이 없었다. 그런데 아무리 청소를 해도 빛이 안 났다. 집 안이 썰렁하고 초라했다. 포인세티아를 사다가 집안에 놓으니 집안이 조금 화사해졌다. 예비 며느리가 집에서 나갈 때 슬리퍼를 벗어서 가지런히 놓던 모습이 생각난다.

나는 집 안을 꾸미고 살지 못했다. 신혼 때 피아노 사느라고 변변한 장롱도 없이 살았다. 바로 밑에 여동생이 혼수로 샀던 보루네오 장롱을 버린다고 했다. 내가 가져와서 지금까지 쓰고 있다. 텔레비전 받침과 서랍장은 재활용품 버리는 곳에 멀쩡한 것이 있어서 주워 왔다. 남편의 생각은 더욱 단출했다. 비바람 피하고 잠잘 수 있으면 감사하라고 했다.

나도 집 안을 멋지게 꾸미고 싶다. 조화롭게 정돈된 집 안에 들어서면 보기에도 좋고 기분까지 좋아진다. 주어진 환경에서 삶의 방향을 선택하는 결정권은 자기 자신에게 달려 있다. 나는 배움에 대한 나의 호기심을 풀어 가는 데 나의 모든 에너지와 열정을 쏟았다. 동시에 집 치레도 잘하고 살았으면 좋았을 것이지만, 두 가지를 동시에 하기엔 나의 역량이 부족했다.

때가 되면 나의 공간을 단아하게 꾸며 보고 싶다. 사랑하는 사람들이 우리 집에 오면 기분이 환해지면 좋겠다.

내 인생의 길도우미, 남편

"정부에서 나오는 쌀과 목사님 아니었으면, 우리 식구들 그때 굶어 죽었슈."

30여 년 만에 다시 만난 어느 성도의 집을 방문했다. 지난 세월의 이야기를 풀어 내느라, 시간 가는 줄 몰랐다. 나는 목이 메었다. 그녀의 어려웠던 시절에 나 또한 힘들었다. 그 무렵 남편은 툭하면 지갑에 돈이 없다고 나한테 달라곤 했다. 나도 어려울 때였다. 오히려 나 좀 도와주면 안 되냐고 했다. 남편은 안 된다고 했다. 하나님이 주시는 대로 지혜롭게 가정 경제를 꾸려 나가라고 했다.

남편에게 많이 서운했고, 불평도 했었다. 처자식의 하소연도 외면했던 남편의 숨은 선행을 30여 년이 지난 지금에야 알게 되었다. 남편은 알고 있었다. 하나님께서 우리 가족은 하나님의 방법으로 공급해 주실 것을. 돌아오는 내내 남편 앞에서 나 자신이 한없이 작아져 아무 말도 하지 못했다.

내가 대학교 다닐 때의 일이다. 나의 마음속 한구석은 항상 무거웠다. 교회에서 내가 해야만 하는 일들 때문이었다. 특히 몸이 불편한 성도를 자주 위로해 주지 못해서 마음이 쓰였다.

어느 날 학교에서 돌아오는데, 자꾸만 어떤 성도가 생각났다. 피곤했지만 생각나는 그 성도를 찾아가 위로하고 집에 왔다. 남편에게 그 일을 말했다. 내심 남편에게 칭찬을 듣고 싶은 마음이었다. 남편은 또 다른 성도의 이름을 말하며, "그 댁도 방문해야 하는데."라고 말했다. 내 마음이 참으로 힘든 순간이었다. 남편에게 미안했다. 하나님께 죄송했다.

남편의 다른 사람을 향한 배려심이 나를 서운하게 한 적도 있다. 교회 건축이 한창일 때 내가 해야만 했던 일이 지체된 적이 있었다. 남편은 몹시 언짢아했다. 그런데 비슷한 실수를 어느 성도가 했다. 어찌 보면 내가 한 실수보다 강도가 더 높은 실수였다. 남편은 "일하다 보면 그럴 수도 있지요."라고 그 성도에게 말했다. 성도의 마음을 다치지 않게 배려해야 하는 남편의 처지를 이해하면서도 내 마음 한구석은 아팠다.

나는 성격도 급하고 고집도 센 편이다. 성격이 급하다 보니 말도 순서대로 조리 있게 하지 못할 때도 있다. 내 머릿속으로 생각한 것을 말한 것으로 착각하고, 건너뛰고 말할 때도 있다. 그럴 때마다 남편이 힘들었을 텐데 나를 이해해 주어서 고맙다. 살림도 잘 못하고, 음식도 잘 못하는 나를 참아 준 것도 고맙다.

나는 남편이 예배를 통해서, 생활을 통해서 가르쳐 준 지혜를 내 삶의 길잡이로 삼았다. 내 삶의 방향을 잡아 주는 길도우미다. 어려운 길을 잘 헤쳐 나올 수 있도록 바른길을 인도해 준 남편이 고맙다. 묵묵히 남편의 뒤를 따라가도 잘못된 길로 인도하지 않을 것이니 안심이다. 왜냐하면, 남편은 하나님의 말씀을 길도우미로 삼고 살아가기 때문이다.

Chapter 4

운동도 공부다

정희는 겁이 많아서 자전거도 못 탈 겨

내가 자전거를 배운 동기는 이러했다. 나는 어렸을 때 벌레만 보아도 놀랐다. 밖이 조금만 어두워져도 무서워했다. 그런 나를 보고 막내 외삼촌은 겁이 많다고 놀리셨다.

내가 중학교 2학년 여름방학 때였다. 우리 집에 오신 외삼촌께서,

"정희는 겁이 많아서 자전거도 못 탈 겨!"

하시면서 또 놀렸다. 나는 은근히 오기가 생겼다. 자전거를 꼭 배워서 외삼촌께서 다시는 나를 놀리지 못하게 하자고 마음먹었다.

우리 집 앞에 이웃 동네로 향하는 그리 높지 않고 경사가 완만한 길이 있었다. 경사가 끝나는 지점 양옆에는 풀밭이 있었다. 경사가 시작되는 곳까지 자전거를 끌고 갔다. 나는 자전거 안장에 올랐다. 오른발은 길가 땅이 조금 높은 곳을 디뎠다. 왼발은 자전거 페달에 올려놓은 후 오른발을 땅에서 떼었다. 자전거는 자동으로 높은 곳에서 아래로 굴러갔다.

그러나 얼마 못 가서 균형을 잡지 못하고 풀밭으로 굴러떨어졌다. 나는 다시 일어나 원위치로 갔다. 다시 시도하고 또 굴러떨어졌다. 그런데도 나는 포기하지 않았다.

점차 균형을 잡고 굴러가는 거리가 조금씩 길어졌다. 평지까지 굴러 내려간 후에 페달을 밟아 보았다. 처음에는 비틀거렸다. 나는 얼마 후에는 페달을 굴러서 이동하게 되었다.

나는 매일 자전거 연습을 했다. 방학이 거의 끝나 갈 무렵엔 제법 페달을 밟을 수 있게 되었다. 집에서 조금 나가면 버스가 다니는 큰 길이 있었다. 그곳까지 가 보고 싶은 생각이 들었다. 나는 버스가 다니는 큰 길 앞까지 갔다. 그러나 무서워서 큰길에는 나가지 못했다.

겁 많은 정희는 이렇게 혼자서 자전거를 배웠다.

나 홀로 도전하는 지리산 종주 계획

남편은 여름 방학 때마다 학생들을 데리고 수련회를 갔다. 대개는 설악산이나 지리산 근처에서 캠핑했다. 일정 중에 하루는 꼭 산을 오르게 했다. 산행을 통해 학생들의 정신과 육체를 단련시켰다. 아예 처음부터 지리산 종주를 목적으로 떠난 적도 있다. 수련회를 갈 때마다 나도 함께 갔다. 덕분에 설악산 대청봉에도 열 번 이상 올랐다. 지리산 천왕봉에도 다녀왔다.

천안에서 외국인들을 만나고 돌아온 후에, 집에서 영어 공부할 방법을 찾기 시작했다. 어떻게 시작해야 할지 막막했다. 학교에서 배운 영어는 이미 자취도 없이 내 곁을 떠나갔다. 그때까지 나는 영어의 필요성을 그다지 느끼지 못하고 살았다. 그렇게 살아오던 내 앞에 영어라는 큰 산이 나타난 것이다.

나는 영어에 도전하려는 생각을 더욱 견고하게 하려고 나 자신을 테스트하기로 마음먹었다. 지리산 종주를 해 볼 결심을 했다. 기억 속 한쪽에 자리 잡고 있던 지리산 화엄사 계단이 떠올랐다.

어느 해 진천 지방 목회자 수련회 때 지리산 노고단 성삼재까지 버스로 올라갔던 적이 있다. 마침 그날 숙소가 산 아래에 있었기 때문에 나는 차를 타지 않고 걸어서 내려갔다. 저녁 모임에 늦지 않으려고 남편과 나는 돌계단을 달리듯 하산했다. 우리가 내려오고 있을 때 자기 머리보다 위로 올라온 등짐을 지고 계단을 올라오는 사람들을 보았다. 어떤 이는 힘겹게, 어떤 이는 내가 보기에 신기할 정도로 사뿐사뿐 돌계단을 오르는 사람들을 보면서, 나도 한번 도전해 보고 싶다고 생각했었다.

'바로 지금이다.'

나는 속으로 외쳤다.

나는 내 생각과 계획을 남편과 상의했다. 지리산 종주를 하겠다고 했다. 코스는 전라남도 구례 화엄사에서 시작하여 천왕봉 정상을 거쳐 경상남도 산청 대원사까지 이르는 긴 구간을 택했다.

등산을 좋아하는 사람들이 '지리산 화대종주'라고 부르는 코스였다. 3박 4일의 짐을 꾸리니 배낭이 나의 머리 위로 올라왔다. 남편이 여비를 챙겨 주며 조치원역까지 태워다 주면서 격려해 주었다.

남편과 함께 학생들을 인솔해서 산행했던 경험이 있었기에 남편은 나를 믿고 응원해 주었다.

지리산 화대종주 해냈다

구례역 플랫폼(platform)엔 배낭을 멘 사람들이 많았다. 오십 대쯤으로 보이는 남자 두 사람이 말을 걸어왔다.

"충북 진천군 덕산면에 있는 덕산제일감리교회 목사의 아내입니다."

나를 소개했다. 나를 지키려는 뜻도 있었다.

그중의 한 사람이 깜짝 놀라며, "진천에 내 제자가 한 명 있는데, 어디 교회 목사가 되었다고 하던데, 혹시 아세요?" 하며 반색을 했다. 그분은 한국외국어대학교 철학과 교수였다. '혹시 아냐'는 목사님은 진천군 내에 있는 감리교회 목사였다. 이럴 때 사람들은 흔히 세상이 참 좁다고 말한다.

교수님은 노고단 성삼재까지는 버스로 이동할 계획이라며 함께 버스를 기다리자고 했다. 나는 뜻한 바가 있어 화엄사부터 시작해서 노고단에 오르겠다고 했다. 힘들 텐데 배낭이라도 차로 실어다 주겠다는 교수님의 호의를 정중히 거절했다. 나는 머리 위까지 올라오는 배낭을 메고, 지리산 화대종주(화엄사~대원사) 대장정을 시작했다.

전에 남편과 함께 성삼재에서 화엄사로 내려온 적이 있다. 그때 달려 내려왔던 돌계단을 이번에는 차분하게 한 걸음씩 올라갔다. 그날 밤에 머물 노고단 대피소까지 어둡기 전에 도착하는 것이 그날의 목표였다.

내 뒤에 올라오던 몇몇 사람들은 벌써 나를 앞질러서 사라졌다. 한참을 걸어가도 더 따라오는 사람이 없었다. 노고단 입구 성삼재까지는 버스가 다니기 때문에 일반인들은 잘 다니지 않는 코스였다. 힘겹게 계단을 오르고 올라 마침내 대피소에 도착했다. 아직 해가 남아 있어서 감사했다.

노고단 대피소에 도착하니 기차역에서 만났던 철학 교수님이 반갑게 맞아 주었다. 나는 네 시간 이상 걸려서 올라왔기 때문에 그분들은 당연히 다음 코스로 떠났으려니 생각했었다. 한데 교수님 일행도 노고단에서 그날 저녁 잠을 잘 것이라고 했다.

그분들은 밥과 재첩국까지 끓여 놓고 나를 기다렸다고 했다. 노고단 대피소에서 이런 환대를 받을 줄은 꿈에도 생각하지 못했다.

산행 2일째, 노고단 대피소를 출발하여 세석평전 대피소까지 걸었다. 나는 새벽에 동이 트면서 출발했다. 교수님 일행은 전문 산악인은 아닌 듯했다. 나의 걸음보다도 느렸다. 나는 가야 할 길이 멀기 때문에 그분들을 뒤로하고 부지런히 발걸음을 재촉했다.

설악산 대청봉을 오를 때도 그랬는데, 지리산에도 산행하는 사람들이 정말 많았다. 20대로 보이는 어떤 여성의 배낭 크기가 정말 대단했다. 그런데 그녀는 쉬면서도 배낭을 내려놓지 않고 등에 짊어진 채로 잠시 쉬다가 출발하곤 했다. 어떤 각오로 왔기에 그랬는지 지금도 궁금하다.

산행 3일째였다. 세석평전 대피소를 출발하여 지리산 정상인 천왕봉을 지났다. 그리고 대원사 방향으로 들어섰을 때 그 많던 사람들은 다 어디로 갔는지 아무도 보이지 않았다.

덜컥 두려움이 밀려왔다. 해가 떨어지기 전에 치밭목 대피소까지 가야 했다. 비까지 부슬부슬 내렸다. 이쪽 길로 사람들이 많이 다니지 않는다는 것을 나는 잘 몰랐다. 나중에 알았는데 화대 코스는 등산 애호가들이 주로 다니고 일반인들은 대개 천왕봉 거쳐서 중산리 코스를 다녔다. 화대종주 보다는 짧은 코스다. 조금 전에 천왕봉에서 보았던 많은 사람도 중산리 아니면 그 반대편 백무동 계곡 쪽으로 하산한 것 같다.

나는 처음부터 대원사 방면으로 계획을 세웠으니 끝까지 진행하기로 마음먹고 부지런히 걸었다. 얼마 후에 뒤쪽에서 사람들 인기척이 났다. 여자 두 명과 남자 한 명이었다. 함께 일행이 되어 치밭목 대피소를 향해 걸었다.

나는 지쳐 있었기 때문에 빨리 걸을 수가 없었다. 그들을 앞서 보냈다. 안개비가 내리고 산속인 탓인지 아직 낮인데도 어둠침침했다. 지리산에는 반달곰도 있다는데 무서움이 밀려왔다. 그래도 앞에 간 사람들이 있어서 안심되었다. 만약에 나에게 무슨 일이 일어난다면 그들이 알려 줄 테니까.

극도의 피로와 정신적인 두려움으로 지쳐 있을 무렵 내 앞쪽에서 누군가 다가오는 기척을 느꼈다. 얼핏 흰색의 물체가 보였다. 나는 산짐승이 나타난 줄 알고 깜짝 놀라서 바닥에 주저앉을 뻔했다.

놀란 가슴을 진정시키며 자세히 보니 덩치가 꽤 큰 흰색의 개였다. 그 녀석은 나를 보자마자 뒤돌아서 방향을 바꾸었다. 자기를 따라오라는 듯 꼬리를 흔들며 내 앞에서 걸어갔다.

내가 힘들어서 걸음을 멈추면 그 녀석도 따라서 멈추어 섰다. 그리곤 나를 돌아보며 힘내라는 듯 꼬리를 흔들어 주었다. 마중 나온 개를 따라 치밭목 산장에 무사히 도착했다. 앞서갔던 일행이 저녁을 준비하고 있었다. 함께 저녁을 먹을 수 있어서 다행이었다.

비 갠 치밭목 대피소의 아침 풍경은 황홀했다. 햇살이 나뭇잎 사이를 춤추듯 파고들었다. 나는 수건을 목에 두른 채 세수를 하려고 숙소 밖으로 나왔다.

어제 나를 마중 나왔던 개가 꼬리를 치며 나를 반겼다. 자기를 따라서 오라는 듯 어디론가 앞서갔다. 어제 산길에서 보여 준 녀석의 행동은 나의 신임을 얻을 만했다. 나는 산속의 맑은 공기를 맘껏 마시며 개를 따라갔다. 한참을 따라가니 옹달샘이 있었다. 그 녀석은 내 목에 두른 수건을 보고 옹달샘으로 인도했음이 분명했다. 똑똑하고 고마운 녀석이었다.

산행 마지막 날 치밭목에서 하산하는 길은 가파른 내리막길이었다. 대원사 주차장까지는 얼마간의 포장도로도 있었다. 나는 드디어 지리산 화대종주 구간 산행에 성공했다.

진주에서 기차를 타고 새벽에 대전역에 도착했다. 그 당시에 대덕연구단지 표준연구소 연구원인 큰 남동생(현 고려대학교 물리학 교수)이

대전역으로 마중 나왔다. 동생 집으로 가는 길에 불이 환하게 켜져 있는 건물을 보았다. 동생이 나를 보며, "누님, 저기가 카이스트 기숙사예요. 새벽까지 공부하는 학생들이 많아요."라고 했다. 새벽녘 불 켜진 카이스트 기숙사의 불빛이 나의 도전을 응원하는 것 같았다.

동생 집에서 늦잠을 자고 사랑하는 두 아들과 남편이 기다리는 내 집에 무사히 돌아왔다.

나만의 졸업 여행

나는 대학교 4학년 여름 방학이 되기 전부터 제주도 자전거 일주 계획을 세웠다. 가을에 있을 졸업 여행을 위해서였다. 그것은 졸업 여행이면서 또 하나의 도전이었다. 중학교 2학년 때 자전거를 배웠다. 그 후로는 자전거를 탈 기회가 많지 않았다. 가끔 시장바구니가 앞에 달린 자전거를 탔을 뿐이었다.

내 친구 중에 자전거를 타는 친구가 한 명 있었다. 제주도 자전거 일주 계획을 말해 보았다. 흔쾌히 동행해 준다고 했다. 친구 남편도 허락해 주었다.

제주도 자전거 빌려주는 곳에서 MTB(산악 자전거)를 빌려준다고 했다. 나는 MTB는 타 본 적이 없었다. 여름 방학 동안 학생들이 교회에 놓고 간 MTB로 연습했다.

2007년 학기가 끝나갈 무렵 영어과 졸업 여행이 있었다.

우리 반 남학생(군대에 갔다 온)들은 큰아들 또래였다. 여학생들은 작은아들 또래였다. 급우들은 나를 왕누나, 왕언니라고 불렀다. 졸업 여행만은 나만의 시간을 갖고 싶었다. 힘들고 어려웠던 4년을 잘 통과한 자신에게 특별한 이벤트를 마련해 주고 싶었다.

나는 청주공항에서, 서울에 사는 친구는 김포공항에서 출발하여 제주에서 만났다. 용머리 해변 근처에 있는 자전거 대여점에서 출발했다. 사흘째 되는 날 서로 의견이 엇갈렸다. 친구는 신영영화박물관에서 시간을 보내고 싶어 했다. 나는 우도에 들어가 보고 싶었다. 그날은 각자 가고 싶은 곳에 가기로 했다. 우리는 저녁에 세화에 있는 숙소에서 만나기로 했다.

아직 잠자고 있는 친구를 남겨 두고 혼자서 길을 떠났다. 어슴푸레 밝아 오는 동쪽 바다의 일출을 의지해서 성산항으로 달렸다. 우도로 들어가는 첫 배를 타기 위해서였다. 자전거를 배에 싣고 우도로 들어갔다. 자전거로 우도를 한 바퀴 돌면서 나의 졸업을 자축했다.

우도를 돌고 나와서 자전거도로를 따라 세화까지 가는 길은 한적하고 아름다웠다. 세화에 도착하니, 마침 그날이 장날이었다. 싱싱한 고등어·쌀·김치를 샀다. 내가 먼저 숙소에 도착해 고등어구이와 밥을 지었다. 나보다 조금 늦게 도착한 친구가 이게 웬 진수성찬이냐며 좋아했다. 나는 제주도 해안도로를 한 바퀴 돌아 출발했던 용머리 자전거 대여점에 무사히 도착했다.

나의 뜻깊은 졸업을 제주도 해안도로 220km를 달리며 자축했다.

팔 굽혀 펴기 도전

남편은 집 안에 있을 때 자주 팔 굽혀 펴기를 했다. 한 번에 20~30번은 식은 죽 먹기였다. 옆에서 보면서 따라 해 보았다. 나는 팔꿈치를 펴기도 전에 바닥에 엎어졌다. 남편에게 부럽다고 말했다. 나도 한 번만 성공해 보면 좋겠다고 했다. 몇 번 시도하다가 아예 포기했다.

내가 기업체에 강의하러 갔을 때다. 팔 굽혀 펴기에 도전할 기회를 만들었다. 물러설 수 없게 아예 배수진을 쳤다.

영어로 자기소개를 하는 시간이 있었다. 학생들은 써서 읽기는 잘했으나 글을 보지 않고 말로 하는 것은 어려워했다. 나에게도 아무리 하고 싶어도 못 하는 것이 있는데, 바로 팔 굽혀 펴기라고 했다. 우리는 한 달 동안 서로 도전하기로 약속했다. 학생들은 영어로 자기소개를 능숙하게 말하기였다. 나는 팔 굽혀 펴기 열 번이 목표였다.

말은 씩씩하게 하고 왔는데 앞이 캄캄했다. 차분하게 생각을 정리했다. 처음에는 벽 앞에서 거의 서 있는 채로 연습했다. 그다음에는 책상 높이에서 연습했다. 그다음엔 욕조를 짚고 연습했다. 쉽지는 않았다. 그러나 효과가 있었다. 그렇게 보름이 지나갔다. 바닥에서 시도해 보기로 했다. 드디어 나는 팔 굽혀 펴기 한 번을 성공했다. 맹훈련을 시작하고 보름이 지나서였다.

한 달의 기한이 찼을 때 나는 팔 굽혀 펴기 열 번을 할 수 있었다. 남편이 동영상을 찍어 주었다. 수업 시간에 동영상을 보여 주고 박수를 받았다. 학생들에게도 영어 공부에 더욱 분발하는 계기를 만들어 주었다.

나는 팔 굽혀 펴기 성공하기 실전 훈련을 통해 무슨 일이든지 아주 쉬운 기초부터 차분하게 시작하면 된다는 교훈을 얻었다.

자전거 국토 종주를 꿈꾸다

제주도 해안도로 자전거 일주를 다녀온 후에 한동안 물리치료를 받았다. 자전거를 배우고 30여 년 동안 타지 않다가 갑작스레 무리한 탓이었다. MTB는 처음 타 보는 것이었다. 내 몸 전체가 긴장했었다. 그런데도 겁도 없이 우도에까지 혼자 들어갔다. 아픈 몸이었지만 끝까지 포기하지 않았다. 나는 그렇게 제주도 해안도로 일주에 성공했다.

그 후로 자전거는 까맣게 잊고 지냈다. 어느 날 한 성도가 사모님하고 한강 자전거길을 달려 보고 싶다고 했다. 그녀는 시골에 내려오기 전에 자전거를 많이 탔다고 했다. 나는 그 의견을 좋게 생각했다. 차분하게 잘 연습하며 준비해야겠다고 마음먹었다.

지인을 통해 중고 MTB를 두 대 샀다. 이제는 내 자전거가 생겼으니 틈틈이 연습할 수 있었다. 남편이 쉬는 날엔 함께 진천종박물관까지 달릴 수 있을 만큼 실력이 늘었다.

우리 교회 NIV 영어 성경 교실에서 자전거 얘기를 했다. 토요일 오전에 다 같이 진천종박물관까지 타기로 했다. 금요일 심야 기도회가 끝나면 자정이 넘어야 잠을 잘 수 있다. 토요일에는 새벽예배가 없다. 평일보다는 잠을 좀 더 잘 수 있는 날이다. 자전거를 타고 싶은 마음이 잠을 더 자는 것보다 컸다. 새벽에 자전거를 집에서 가지고 나올 때, 남편이 잠을 깰까 봐 조심했다. 성경 교실 멤버와 함께 백곡천 자전거도로를 주기적으로 달리며 자전거와 더욱 친해졌다.

자전거와 친해지며 점점 더 도전의 영역이 넓어졌다. 나에게 자전거를 다시 만나게 해 준 그녀와 함께 명절 연휴를 이용해 청주 한 바퀴 돌아오는 92km 달리기를 해냈다.

그녀와 함께 공주보까지 갈 계획을 세우고 남편과 먼저 답사를 했다. 곳곳에 어려운 곳이 나타났다. 특히 세종시를 흐르는 금강 위에 설치된 불티교 양쪽 주변이 위험했다. 나는 그곳에서는 자전거에서 내렸다가 다시 탔다.

함께 공주보를 향해 출발하기에 앞서 그녀에게 신신당부했다. 위험한 곳에서는 자전거에서 내려서 통과하라고 일러 주었다. 그런데 막상 내 앞에서 불티교를 능숙하게 통과하는 그녀를 보고 깜짝 놀랐다. 그녀는 자전거 타기 고수였다.

"정희는 겁이 많아서 자전거도 못 탈겨." 외삼촌 말씀이 또 생각났다. 내가 겁이 많은 것은 사실이었다. 좁은 길에서 무서워하는 나를 보고 남편은 이렇게 말했다.

"좁은 길에서 넘어지지 않고 아주 천천히 탈 줄 아는 것이 실력이다."

겁 많은 나였지만 그녀와 함께 청주~공주보 왕복 108km 라이딩을 무사히 해냈다.

자전거 타는 것이 점점 즐거워졌다. 우리나라 4대강을 따라 자전거 도로가 있다는 것을 알았다. 더불어 제주환상 자전거길을 포함한 12군데의 국토 종주 자전거길이 있는 것도 알았다. 이젠 나에게 '국토 종주 자전거길 완주'라는 목표가 생겼다. 자전거를 다시 만나게 해 준 그녀가 고맙다. 그녀와 약속한 한강 자전거길은 아직 가지 못했다. 그녀와 함께 아름다운 한강 주변을 달리고, 국토 종주 자전거길을 달리는 꿈을 꾼다.

태권도 수련

2014년 5월, 남편이 업무상 미국에 갈 때 나도 함께 갔었다. 우리가 간 곳은 캘리포니아주 남부에 있는 오렌지 카운티(Orange County)였다.

20여 일을 미국에 머물렀다. 남편의 일정이 정해져 있었다. 미국의 여러 곳을 다녀 볼 기회는 주어지지 않았다. 호기심으로 짬짬이 숙소 주위를 살펴보았다.

어느 날 버스 정류장으로 가다가 태권도 복장을 한 초등학교 여학생 두 명을 만났다. 머나먼 타국에서 대한민국 국기인 태권도를 배우는 학생을 보니 가슴이 뭉클했다. 혹시 한국인일지도 모른다는 생각에 다시 보았다. 분명 노랑머리의 미국 학생이었다.

태권도가 세계 여러 나라에 전파되고 있다는 것은 알고 있었다. 특히 기독교 선교사가 해외 선교를 할 때 태권도가 하는 역할이 크다고 들었다. 태권도 선교학과가 있는 대학도 있다. 대한민국 국민으로서 나도 태권도를 배우고 싶다는 생각을 했다. 집에 돌아온 후 그 생각은 바쁜 일과 속에 묻혀 버렸다.

2023년 3월 초, 우연히 청주 실버태권도 정보를 접했다. 어르신들이 열심히 태권도를 배우고 있는 모습을 본 순간 잊혔던 태권도에 대한 기억이 떠올랐다. 하지만 청주로 배우러 가기에는 거리가 멀었다. 그러다가 음성에도 실버태권도가 있다는 것을 알았다. 음성은 청주보다는 집에서 가깝다. 내가 문의했을 땐 이미 3월에 신입생을 모집하여 벌써 수련에 들어간 상태였다. 사범님이 늦었어도 열심히 하면 따라갈 수 있다고 했다. 기초 동작을 배울 때는 별로 재미가 없었다. 태극 1장을 배우면서 드디어 태권도를 수련하는 기분이 들었다. 시험에 단번에 합격해서 노란띠도 땄다.

그 무렵 고등학교 동창들을 청주에서 만났다. 함께 저녁을 먹고 나오는데 태권도복 입은 초등학교 여학생들이 위층에서 내려왔다. 반가운 마음에, 나는 태권도 품새 태극 1장 배우고 있는데 너희들은 어떤 품새를 배우느냐고 물어보았다. 한 여학생이 말했다.

"저는 금강 품새, 제 친구는 태백 품새를 배워요."

그 말을 듣고 친구들과 나는 한바탕 배꼽을 잡고 웃었다. 나는 태극 1장도 장하다고 생각했는데 갈 길이 멀다. 더욱 열심히 수련해야겠다.

탁구 고문

내가 중학교 다닐 때 탁구부 학생들이 탁구 연습하는 것을 보았다. 그때는 별로 탁구에 관심이 없었다.

두 번째로 탁구 하는 것을 본 것은 목회자 수련회에 갔을 때였다. 세미나가 끝나고 휴식 시간에 남편이 나에게 탁구를 가르쳐 준다고 했다. 남편과 함께 리조트 안에 있는 탁구장에 갔다. 사람들이 탁구를 하고 있었다. 여기저기에서 선수같이 잘 치는 사람들을 보고, 나는 깜짝 놀랐다.

남편이 나를 가르쳐 주려 했지만, 나는 그야말로 형편이 없었다. 아무리 살짝 공을 넘기려 해도 공은 제멋대로 솟구쳤다가 탁구대 밖으로 떨어졌다. 인내심을 가지고 계속했더니 겨우 똑딱 볼을 치게 되었다. 옆에 있는 탁구대에서는 선수급의 두 사람이 멋진 자세로 신나게 탁구를 하고 있었다. 나도 꼭 배워서 다음에 수련회 올 때는 멋지게 쳐 보리라 마음먹었다.

"우리도 탁구대 사자!"

집에 돌아온 후부터 남편을 조르기 시작했다.

"탁구대 살 돈이 어딨어!"

남편은 한사코 내 말을 뿌리쳤다.

나는 우리 옆에서 멋지게 탁구를 하던 그 사람들의 모습이 자꾸만 생각났다. 잊을 만하면 남편을 졸랐다. 그럴 때마다 남편은 매몰차게 안 된다고 했다. 막상 사다 놓으면 안 치게 될 거라고 했다. 나는 더 반박할 말을 찾지 못했다.

며칠 후 믿을 수 없는 일이 일어났다. 어느 날 교회 성도의 가정을 방문하고 돌아왔는데, 교회 로비에 탁구대가 있었다. 나는 내 눈을 의심했다.

알고 보니, 진천에 사는 남편 지인이 가지고 있던 탁구대였다. 운영하는 사업체 직원 휴게실에 있던 것이었다. 더는 그곳에 필요 없게 되었는데, 문득 김만오 목사님 생각이 났다고 했다. 어떻게 이런 우연이 있을 수가 있을까. 하나님이 내 마음의 소원을 이뤄 주셨다. 하나님은 언제나 당신 편이시라고 남편은 나에게 자주 말하곤 했다.

교회 로비에 탁구대를 놓고 남편에게 배웠다. 남편은 인내심이 참 컸다. 왕초보인 나를 차분하게 잘 가르쳐 주었다. 일과를 끝내고 잠자기 전에 배웠다.

그때부터 남편은 나에게서 탁구 고문을 받았다. 이제 들어가 자야 한다는 남편을 십 분만 더 치자고 졸랐다. 처음에는 랠리(rally: 공이 탁구대 위에서 왔다 갔다 하는 것)가 열 번 되기도 쉽지 않았다. 꾸준한 노력 끝에 삼백 번까지 랠리를 할 수 있게 되었다. 남편이 견뎌 낸 탁구 고문 덕분에 마침내 나는 탁구를 배웠다. 남편은 나의 멋진 탁구 코치다.

자전거 타기의 매력

자전거 타기는 인생과 많은 부분이 닮았다. 내가 자전거 타기를 특히 좋아하는 이유가 있다. 자전거는 두 발로 페달을 밟아서 만든 동력으로 움직인다. 나의 몸을 움직여 만들어 낸 동력으로 달린다는 게 가장 큰 매력이자 즐거움이다.

평지를 달릴 때는 별 어려움이 없다. 오르막 경사가 나오면 페달을 밟는 것이 힘들어진다. 그럴 땐 기어를 변경하여 도움을 받는다. 경사도가 높아져 더는 기어의 도움을 받지 못할 땐 내려서 걸어가면 된다.

어느 정도의 경사까지 내리지 않고 자전거로 올라갈 수 있는지는 사람마다 다르다. 다리 근력이 좋은 사람은 가파른 경사도 거뜬하게 오를 수 있다. 우리가 견딜 수 있을 때까지는 자전거에서 내리지 말고 최선을 다해 페달을 밟아야 한다.

내리막에서 사람들은 잘 달려간다. 그런데 나는 겁이 많아서 내리막이 더 무섭다. 내리막이 나타나면 아랫배에 힘을 꽉 주어 허벅지를 긴장시키고 엉덩이를 살짝 들어 준다. 상체를 앞으로 숙이고, 브레이크를 잡으며 천천히 내려간다. 나는 경사가 심한 내리막길이 정말 무섭다.

자전거를 타면서 우리의 인생 여정을 생각해 본다. 오르막에서 기어의 도움을 받듯이, 우리의 삶에 어려움이 닥칠 때는 누군가의 도움이 필요하다. 그러나 노력도 해 보지 않고 무턱대고 도움만 받고자 하는 것은 바람직하지 않다. 이같이 우리 인생도 최선을 다해서 달려야 한다. 삶의 근력을 키워야 한다. 삶의 근력이 충분하게 채워진 사람들은 어려움도 잘 이기고 나갈 것이다.

언덕을 오를 때는 많이 힘들다. 언제 끝날지도 모르는 가파른 언덕도 있다. 그럴 땐 겸손하게 내려서 걸으면 된다. 걷다 보면 어느새 오르막의 정상에 올라서게 된다. 정상에서 쉼을 얻고, 숨도 고를 수 있게 된다.

나는 내리막길에서 더 많은 인생의 교훈을 얻는다. 내리막은 힘들지 않다. 그러나 조심하지 않으면 위험할 수도 있다. 우리의 삶에서도 힘들지 않고 일이 술술 잘되어 갈 때도 있다. 우리는 그럴 때일수록 더욱 겸손해지는 법을 배워야 한다. 드디어 평지에 도달하여 주위에 펼쳐진 아름다운 풍경을 바라보노라면, 땀 흘려 달려온 보람과 희열을 맛보게 된다.

내가 자전거 타기를 좋아하는 이유 중에서 빼놓을 수 없는 한 가지가 또 있다. 바로 정신적인 해방감이다. 절제하며 살아야 하는 억눌림에서 벗어나는 해방감이다. 비록 몸이 힘들어도 얻게 되는 해방감을 생각하면, 육체의 고단함은 즐겁게 견딜 수 있다. 내가 마음먹은 대로 어디든지 달릴 수 있는 두 바퀴의 매력에 찬사를 보낸다.

나는 꿈이 있어 페달을 밟는다. 꿈을 갖는 것은 우리 삶에 에너지를 공급해 준다. 목적지에 도달할 때까지 나는 오늘도 열심히 페달을 밟는다. 어려운 것을 해냈다는 성취감이 나를 기다리고 있을 것이다.

'이 시대의 불량 사모' 호기심을 못 이기고

고사성어(故事成語: 옛이야기에서 유래한, 한자로 이루어진 말)에 과유불급(過猶不及)이란 말이 있다. 정도를 지나침은 미치지 못함과 같다는 뜻으로, 중용(中庸)이 중요함을 이르는 말이다. 나에게 중용(中庸: 지나치거나 모자라지 아니하고 한쪽으로 치우치지도 아니한, 떳떳하며 변함이 없는 상태나 정도)의 중요함을 깨닫게 해 준 일이 있었다.

2008년에 늦깎이로 대학교를 졸업하고, 초등학교에서 방과 후 영어 교사를 하다가, 기업체 두 군데에 강의를 나갔다. 두 곳 모두 오전 업무 시작하기 전에 수업했다. 수업은 각각 일주일에 두 번씩 했다. 나는 새벽예배 끝나고 수업하러 갔다. 수강생 중에는 회사 중직도 있었다. 수업이 끝나고 부지런히 달려와 아침밥을 먹었다.

언젠가 남편이 신문을 보다가 혼잣말을 한 적이 있다.

"아, 골프의 규칙이 이런 거였구나. 자세하게 설명이 나왔네."

"골프가 어떤 운동이야?" 내가 물었다. 남편이 뭐라고 말해 주었지만, 전혀 알아들을 수 없는 용어였다. 나는 별반 관심이 없었기 때문에, 한 귀로 듣고 한 귀로 흘렸다.

어느 날 강의 나가는 회사에서 영어 교재 한 과정이 끝났다. "강의를 참 잘해 주셨다. 감사의 표시다."라고 하면서, 한 분이 내 차에 골프 클럽을 실어 주었다. 얼떨결에 그 자리에서 거절도 못 하고 차에 신고 왔다. 남편에게 말하니까 정중하게 말하고 돌려주라고 했다. 한편 생각하면 그것은 예의가 아닌 것 같았다. 나는 이러지도 저러지도 못하고, 차에 신고 다니며 새벽마다 기도했다. '하나님, 어떡하면 좋아요.'

나는 사십 대 중반쯤부터 햇빛 알레르기가 생겼다. 그런 면에서 본다면 야외 운동인 골프는 나에게 맞는 운동은 아니다. 그런데 자동차에 골프 클럽이 실려 있다. 수업하다 보면 수강생들끼리 가끔 골프에 관한 이야기가 나오곤 했다. 나의 호기심에 발동이 걸렸다. 골프를 배워 보면 그들의 대화를 이해할 수 있을 것 같았다. 나는 새로운 것에 도전하는 것을 좋아한다. 새로운 것을 공부한다고 생각하자고 나 자신과 타협했다.

어느 날 저녁때 용기를 내서 가까운 곳에 있는 골프 연습장엘 갔다. 이것저것 물어보고 난 후 등록은 하지 않았다. 접수대에 있던 직원이 한번 클럽을 잡아 보고 가라고 했다. 그것이 그날 있었던 일의 전부였다.

몇 주가 지난 후, 주일예배를 마치고 나오던 한 성도가 "어떻게 사모님이 골프를 쳐요?" 한다. 또 며칠이 지났을 때, 다른 어떤 성도가 면담 요청을 했다. "사모님, 제가 처음 그 얘기를 들었을 때는 마음이 힘들었습니다. 그런데 사모님을 이해하게 됐습니다. 이제는 마음이 편합니다. 이거 선크림입니다." 하며 포장지에 싸인 조그만 물건을 건넸다.

어느 성도의 가정을 방문한 후에 식사를 함께했다. 그 가정의 여자 성도가 식사 시작부터 끝날 때까지 취미 생활 이야기를 했다. 그러다가 "사모님도 골프를 칠 수도 있지, 뭐가 잘못인가요." 한다. 나는 아무 말도 하지 않았다.

내가 호기심이 많은 사람임은 분명하다. 어쩌면 남편의 말이 맞았을 수도 있다. 정중하게 말하고 돌려주었어야 옳았을 수도 있다. 그 일로 인해서 그동안 열심히 달려온 나의 삶이 누군가에게는 위선으로 보였을 수도 있다. 철없는 아내를 곁에서 묵묵히 지켜보는 남편은 얼마나 힘들었을까.

나는 단순히 새로운 것에 대한 도전으로 생각했다. 그렇게 파문이 일 줄 생각하지 못했다. 새로운 것에 대한 호기심은 좋은 것일지라도 때로는 자제하는 것이 나의 주변 사람을 편안하게 해 줄 수도 있음을 알았다. 나는 아직도 더 성장해야 하는 학생임이 분명하다.

그 일이 있고 난 후, 내 생일날 어떤 성도에게서 털실로 뜬 골프공을 선물 받았다. 나는 집 안에서 털실 공으로 스윙 자세를 연습했다. 야외 운동인 골프까지도 방 안에서 털실 공으로 독학을 했다. 나는 이론적인 골프의 규칙과 용어를 이해할 수 있게 됐다. 나에게는 언제까지나 운동도 공부다. 궁금한 것은 공부해서 궁금증을 풀면 된다. 차마 포장지를 뜯지 못한 선크림은 아직도 나의 옷장 위에 놓여 있다.

목사의 아내

성경 말씀이 믿어지는 선물

　남편이 신학교 3학년에 재학 중일 때 우리는 결혼했다. 신혼집은 교회에서 멀지 않은 곳에 있었다. 단칸방이었고 부엌이 없었다. 연탄아궁이 주변을 비닐로 막아서 부엌으로 사용했다. 남편은 이런 정도의 방을 마련하는 것도 힘에 겨웠다고 했다.

　방 안의 살림을 정리했다. 작은 책상 하나를 가구점에서 샀다. 책장은 남편이 손수 만들었다. 나의 유일한 혼수인 피아노가 있었다. 사실 피아노는 우리의 형편에 상상도 할 수 없는 것이었다. 나는 다른 혼수 대신에 피아노를 사 달라고 친정아버지께 사정했다. 나의 간절한 소원을 아버지께서 들어주셨다.

　남편은 학교생활과 교육전도사의 직임을 충실하게 감당했다. 나는 남편이 교육전도사로 있는 교회 선교원에서 아이들을 가르쳤다. 주일 1부 학생부 예배 반주를 했다. 남편의 학비는 장학금으로 해결할 수 있었다. 넉넉하지 않은 생활비로 힘든 시기였다.

　나는 중학교 때 기독교인이 되었다. 성경 공부도 나름대로 많이 했다고 생각했다. 그러나 하나님이 살아 계신 것에 대한 확신이 부족했다.

그 무렵 내 안에는 기독교에 대한 비판적이고 냉정한 태도도 많이 있었다. 머릿속의 이성적인 생각과 현실 사이에서 충돌이 일어나는 시기였다.

결혼 후 3개월 되었을 때, 남편과 나는 신년 기도회에 갔다. 지금의 일산 신도시가 생기기 전의 일산 근처였다. 나는 그곳에서 나의 일생에 잊을 수 없는 영적인 체험을 했다. 기독교 국가에서 가장 큰 욕이 '성령 받지 못하고 예수 믿을 놈'이라는 말이라고 들은 적이 있다. 영적인 체험이 얼마나 중요한가를 말해 주는 말이다.

그날은 나에게 성경에 쓰여 있는 모든 하나님의 말씀이 완벽하게 믿어지는 순간이었다. 믿을 수 없을 만큼 놀라운 하나님의 선물을 받은 것이다. 목사의 아내가 성경 말씀이 믿어지지 않는다면 그것은 형벌일 것이다. 그날의 감격이 나의 삶을 지탱하는 힘이 되었다. 또한, 하나님을 향한 믿음의 확신이 가난한 농촌 목사 아내로서의 힘겨움도 이겨 낼 수 있는 원동력이 되었다.

그런 체험을 하고 난 직후에 아주 마음 아픈 결정을 해야만 하는 일이 생겼다. 어려운 살림이지만 딸의 간절한 소원이기에 아버지께서 사 주신 피아노를 교회 선교원으로 옮겨야만 했다. 남편이 교육전도사로 있고 내가 교회 선교원에서 일하고 있는 교회 목사님께서 남편에게 이렇게 말했다.

"우리 선교원에 피아노가 한 대 더 필요하다. 윤 선생이 선교원에서 피아노를 가르치고 있고 김 전도사 방도 좁으니 피아노를 선교원으로 옮기면 좋겠다."

남편은 싫다고 말하지 못했다. 그 말을 듣기 바로 직전에 영적인 체험을 경험한 나였다. 그런데도 그 말을 듣고 난 후에 밀려오는 슬픔은 어쩔 수가 없었다. 이불 속에서 몰래 울고 또 울었다. 남편이 알아채고 안타까워하며 나를 달랬다.

"내가 꼭 다시 사 줄 테니 그만 울어."

우리의 믿음이 아무리 견고해도 슬픈 일이나 마음 아픈 일은 여전히 우리에게 찾아올 수 있다는 것을 나는 그 일을 통해서 깨닫게 되었다. 그것을 극복하는 일은 고스란히 자신의 몫으로 남겨진다. 이런 일이 생기기 직전에 내게 영적인 체험을 하게 해 주신 하나님의 뜻이 있었을 것이다. 나는 슬픈 마음을 가까스로 극복했다.

첫 번째 교회

1983년 10월, 나는 한 생명의 어미가 되었다. 우리 아기에게 미안했다. 엄마의 몸 안에 있을 때 먹고 싶은 것을 다 먹여 주지 못한 것이다. 그런데도 건강하게 태어난 큰아들이 감사했다. 방이 좁아서 아기를 뉠 자리가 없었다. 밤에 잠을 잘 땐 의자를 책상 위로 올리고 책상 아래에 아기를 뉘었다.

남편이 신학교 4학년 졸업시험을 마치고 우리 아기가 2개월이 되었을 때, 충북 청원군 옥산면에 있는 사정감리교회를 개척했다.

교회 건물은 작은 창고였다. 사택은 교회와 떨어진 곳이었다. 동네 부잣집 머슴이 살던 집을 빌렸다. 부엌문도 없는 다 쓰러져 가는 집이었다. 이런 곳에서 아기와 어떻게 살겠냐며 이삿짐을 싣고 간 용달차 운전사는 혀를 차며 말을 잇지 못했다.

우리가 사정리에 온 사연은 이러했다. 사정리에 있던 교회가 옆 동네, 멀리 떨어진 곳으로 새 건물을 짓고 이사했다. 사정리에 땅을 가지고 있던 서울의 어떤 분이 창고가 필요하던 차에 사정리에 비어 있는 낡은 교회 건물을 샀다.

옆 동네까지 걸어서 다닐 수가 없는 연세가 지긋한 대여섯 명의 성도들이 있었다. 한쪽에 고추 부대가 놓여 있는 낡은 예배당 안에서 목사님을 보내 달라고 날마다 기도했다. 창고 주인도 차마 그분들을 내보낼 수 없었다. 그분들의 소식이 몇 다리 거쳐서 내 남편에게까지 전해졌다. 졸업 후 일할 곳을 위해 기도하고 있는 남편의 기도와 그들의 간절한 기도가 하나님 안에서 만났다.

이 모든 일은 내가 친정에서 산후 조리 하고 있을 때 일어났다. 남편뿐만 아니라 졸업을 앞둔 신학생들은 누구나 졸업 후 일할 곳이 가장 첫 번째 기도 제목이었다.

졸업을 앞둔 남편은 하나님께 약속했다.

"어떠한 환경 어떠한 조건이든지 나에게 권해 오는 첫 번째 장소로 가겠습니다."

그때 같은 반 동기가 남편에게 "교회가 있다고 해서 내가 가 보았다. 나는 도저히 자신이 없는데 김 전도사가 생각났다. 가 볼래?" 연락이 온 것이다. 남편은 하나님께 약속한 것이 있어서 가겠다고 했다. 그러나 막상 가 보고 난 후에 열악한 환경을 보고 고민했다. 친정에 산후 조리하러 가 있는 아내와 아기를 생각했다. 확신이 서지 않자 남편은 이렇게 기도했다.

"만약에 충청북도 청원군 옥산면 사정리에 제가 가는 것이 하나님의 뜻이라면 어떤 표적이라도 보여 주십시오."

기도를 시작하자마자, 남편은 몸에 진동이 오며 그렇게 갈망하던 방언(신약 시대에, 성령에 힘입어 제자들이 자기도 모르는 외국 말을 하여 이방인을 놀라게 한 말)이 터져 나왔다. 얼마나 긴 시간 기도했는지 자신도 몰랐다. 남편은 하나님께 약속한 대로 사정리에 내려가 사정감리교회를 시작했다.

그해 겨울은 혹독하게 추웠다. 초저녁에 아궁이에 장작불을 땠다. 그러나 방은 금방 식어 버렸다. 자고 나면 방 윗목에 있던 물그릇에 얼음이 얼었다. 나는 우리 아기 몸이 얼까 봐 담요와 이불 등으로 아기 주변을 성처럼 둘러쌌다. 동네 사람들이 함께 사용하는 우물에 가서 아기 기저귀를 빨았다. 기저귀를 빨랫줄에 널면 금세 마른 북어처럼 뻣뻣하게 얼어 버렸다.

봄이 되어 우리가 살던 집을 비워 주어야 했다. 교회 옆에 빈 땅이 있어서 사택을 지었다. 목수 한 사람과 남편이 집을 지었다. 거의 완공할 무렵, 남편의 왼쪽 눈이 보이지 않았다. 치료받을 길이 막막했다.

이 소식을 접한 동네 이장님의 도움으로 영세민 카드를 발급받았다. 남편은 충남대병원에서 왼쪽 눈 망막박리 수술을 받았다. 큰아들 백일 사진의 아빠는 눈에 붕대를 붙이고 있다. 그렇게 힘들게 지은 집이었지만 우리가 살지는 못했다. 땅 주인이 달라고 했다. 우리는 땅 주인이 살던 헌 집으로 이사했다.

생활환경은 여러모로 불편했다. 남편은 열심히 성도들과 마을 주민들을 섬겼다. 총 가구 수가 29가구인 아주 작은 동네였기 때문에 남편은 온 동네 주민 모두를 교회 식구로 생각했다. 교회에서 행사가 있을 때면 주민 모두를 초청했다. 동네 사람들은 '축 발전'이라고 쓴 봉투를 들고 왔다. 동네 부역을 하는 날엔 나는 미숫가루를 물에 타서 일하는 곳까지 가지고 갔다.

그 무렵에 진천 지역 목사님들로부터 뜻밖의 권유를 받았다. 진천군 덕산면 소재지에 감리교회가 없으니 김만오 전도사가 오면 어떻겠냐는 것이다. 그곳은 교회도·사택도·교인도 아무것도 갖춰져 있지 않은 황무지였다.

남편은 80일간 아침 금식을 하면서, 예배당에서 잠을 자며 기도했다. 사정교회에 내려올 때 그랬던 것처럼, 남편은 하나님의 부르심을 믿고 확신했다.

"다시는 정 주지 않을겨."

울면서 배웅하는 성도들을 비롯한 동네 어르신들과 눈물겨운 작별을 했다. 우리는 큰아들의 손을 잡고 9개월 된 둘째 아들은 품에 안고, 아무런 연고도 없는 충청북도 진천군 덕산면으로 왔다.

나의 꿈 그리고 나의 길

덕산제일감리교회 개척

1986년 10월, 우리는 덕산제일감리교회 창립 예배일 한 달 전에 덕산으로 이사했다. 예배당은 덕산 시내 한복판에 있는 건물 2층에 열 평 남짓 되는 사무실을 10개월 선 월세를 내고 빌렸다. 사택은 교회 건물 길 건너편 골목에 얻었다. 아무것도 가진 것 없는 우리는 친정아버지의 도움으로 두 번째 개척교회를 시작할 수 있었다.

1986년 11월 13일, 기독교 대한감리회 덕산제일교회 창립 예배를 드렸다. 기초 생활비는 진천 지역 몇몇 목사님들이 얼마 동안 보내 준다고 했다. 그 얼마 동안이란 기간이 한 달이 될지 일 년이 될지, 하나님만 아시는 약속이었다. 일 년이 채 못 되어 우리는 독립 선언을 해야만 했다.

"사방이 다 막혀도 하늘을 향한 문은 열려 있다." 남편과 나는 서로 손을 꼭 잡고 기도했다. 창립 예배 후 첫 번째 주일에 남편은 나와 두 아들을 앉혀 놓고 예배를 드렸다. 교회 창립 기념으로 지인이 풍금을 선물했다. 나는 풍금을 치며 예배 반주를 했다.

남편은 교회 창립 예배 때 들어온 헌금의 십일조를 따로 떼어 놓았다. 첫 번째 주일 우리 가정에서 드린 예물의 십일조도 마찬가지였다.

교회 일반 재정과 구분했다. 남편은 신학교에 입학해서 목사가 되겠다고 결심한 순간부터 하나님께 약속했다. '교회의 십일조를 따로 모아 이웃을 위한 선교비로 쓰겠습니다.' 덕산제일교회의 선교는 그렇게 시작되었다.

교회가 성장하는 과정에서 은행 대출을 받았다. 재무를 맡은 성도들이 교회 빚을 갚을 때까지 선교비를 중단하면 어떻겠냐고 할 때도 있었지만 남편 목사의 대답은 한결같았다. "교회의 십일조는 이미 하나님의 것이지 우리 교회의 몫이 아닙니다."

시간이 지나서, 재무를 맡은 성도들이 이렇게 말했다.

"하나님께서 우리 교회를 복 주시고, 성장시켜 주시는 것은 우리 교회가 최선을 다해 선교하기 때문인가 봅니다."

그 말을 들었을 때 눈물겹도록 감사했다. 남편 목사가 만난 하나님, 내가 만난 하나님을 전하며 우리는 덕산제일교회를 굳게 세워 갔다.

두 달간의 목회 사역

남편은 자주 말했다.

"결혼하기 전에는 봄철만 되면 힘이 없고 기운이 없었다. 결혼하고 나서 괜찮아졌다. 여기저기 아픈 곳도 많았는데 건강해졌다."

그런 남편에게 목회를 접어야 할 수도 있는 큰 시련이 찾아왔다. 1984년, 사정교회에 있을 때 왼쪽 눈 망막박리 수술을 받았다. 1988년, 덕산제일교회를 개척하고 얼마 안 되어 양쪽 눈에 또다시 망막박리가 일어났다. 나중에 알고 보니 한쪽 눈에 박리가 생기면 다른 쪽 눈도 정기적인 검진이 필요했다. 왼쪽 눈을 수술한 의사가 그것을 말해 주지 않았다.

서울 세브란스병원 원무과에 근무했던 신학교 학우의 도움으로 세브란스병원 안과에 입원했다. 나는 수술실 앞에서 기도하며 초조하게 앉아 있었다. 드디어 수술복을 입은 의사가 보호자를 찾았다.

"사람이 할 수 있는 최선을 다했다. 혹시 당신이 믿는 신이 있으면 그분께 의지해라." 집도의가 이렇게 말했다.

우리는 절박한 마음으로 기도했다. 남편이 하나님 말씀을 읽을 수 있고, 다시 말씀을 전할 수 있도록 회복시켜 달라고 기도했다.

남편은 양쪽 눈을 붕대로 가린 채 누워 있어야 했다. 눈이 아래로 쏠리면 안 되었고 절대 안정이 필요했다. 남편이 누워 있는 두 달 동안 나는 담임목사가 해야 하는 모든 예배를 집례했다. 두 아들을 보살피며 내가 할 수 있는 최선을 다했다. 그 기간에 추수감사절이 있었다. 지나간 사진을 보면 눈물이 난다.

가장 힘들었던 시간은 남편을 데리고 검진 받으러 서울로 올라갈 때였다. 안대로 양쪽 눈을 가린 남편의 손을 잡고, 직행버스를 탔다. 서울로 올라가 전철을 타고 세브란스병원까지 갔다. 병원 의자에는 비슷한 시기에 수술을 받은 사람들이 여럿 앉아 있었다. 그들 중에는 시력이 회복되지 못한 사람도 있다고 했다.

그렇게 몇 주가 지난 어느 날, 지인 목사가 위문하러 우리 집에 왔다. 그때는 남편이 잠깐씩 앉아 있어도 되는 때였다. 남편이 안대를 살짝 들춰 보았다. 그런 후에 남편이 나한테 이상한 손짓을 했다. 나는 궁금했지만 물어볼 수 없었다. 지인이 돌아가자마자 남편은 나에게 소리쳤다.

"여보! 글자가 보여!"

하나님 감사합니다. 하나님께서 우리의 애끓는 기도를 외면하지 않으셨다. 남편의 눈을 회복시켜 주셨다. 다시 하나님 말씀을 전하게 해 주셨다. 집도의가 말한 당신이 믿는 신이 있다면 그분께 의지하라는 말이 떠올랐다.

내가 믿고 의지하는 하나님께서 남편이 성경을 다시 볼 수 있게 해 주셨다.

몰려드는 어린이들

1986년 11월 교회 창립 예배를 드리고 나서, 남편은 다음날부터 어린이 전도를 나갔다. 신학교 다닐 때 어린이 전도를 위해서 공부했던 것이 큰 도움이 되었다. 초등학교 학생들이 몰려들었다. 좁은 예배당이 아이들로 인산인해를 이뤘다.

남편과 나는 아이들을 열심히 가르쳤다. 때맞춰 어른 성도들도 나오기 시작했다. 우리가 학생들을 집중해서 가르칠 수 있도록, 그분들이 뒤에서 봉사해 주니 감사했다. 젊은 성도들은 교회학교에서 함께 가르쳤다.

온양에 인형극을 하는 지인이 있어 초청했다. 아이들이 얼마나 많이 몰려왔던지, 벗어 놓은 신발이 산더미같이 쌓였다. 급기야 신발을 잃어버린 아이가 생겨서 사 주기도 했다.

아는 이 없고 교회 식구도 많지 않았던 개척 초기에 몰려드는 아이들을 가르치며 큰 힘과 위로가 되었다. 경제적인 어려움은 있었지만 가르치는 보람으로 모든 것을 극복할 수 있었다. 그때 우리 교회에 나왔던 학생들은 동네에서도 칭찬 듣는 아이들이 많았다. 공부도 잘하고 예의도 바르다고 소문이 났다.

얼마 전에 이웃 교회에 다니는 신실한 성도를 미장원에서 만났다. 그녀는 나한테 고백할 것이 있다고 했다. 자기 딸이 초등학교 다닐 때, 친구를 따라서 우리 교회에 갔다고 했다. 그녀는 그 무렵 자기 교회에서 교회학교 교사였다고 했다. 딸을 불러서, "내가 교회학교 교사인데, 네가 다른 교회에 가면 나는 어떻게 하냐."고 딸을 회초리로 때렸다고 하며 웃었다.

그 말을 들으니, 남편이 우리 교회에 왔던 그 여학생을 달래며 네가 나가던 교회에 가야 한다고 타이르던 일이 생각났다. 그 여자아이는 친한 친구들과 함께 있고 싶었나 보다.

남편의 어린이 사랑은 지금도 변함이 없다. 남편이 어린이 설교를 하면 나도 거기에 빨려 들어간다. 남편의 따뜻한 성품이 하나님 말씀이 전파되는 통로로 쓰였다. 남편이 어린이들에게 전한 하나님 말씀이, 그들의 마음속에 깊이 간직되기를 나는 기도한다.

쓰잘데없이 뭣 하러 영어를 공부하세요?

서른이 넘기까지 영어를 한마디도 할 수 없었던 나였다. 서른 중반이 넘은 나이에 공부를 다시 시작했다. 스스로 세운 목표를 향해 쉬지 않고 달려가야만 한다. 나는 나의 의지를 시험해야 했다. 지리산 화엄사에서 대원사까지 긴 구간의 산행에 성공했다. 자신을 믿기로 했다. 어영부영하다가 포기하지 말고 영어 공부를 꾸준하게 해 보자고 마음먹었다.

먼저 집 안에 공부할 책이 있는지 찾아보았다. 지인이 필리핀 선교사로 떠나면서 주고 간 어린이용 영어 학습서가 눈에 띄었다. 그림으로 설명이 되어 있어서 이해하기가 쉬웠다. 특히 카세트테이프로 원어민 발음을 들을 수 있어서 많은 도움이 되었다. 나는 그 교재를 밤낮없이 끼고 살았다.

1996년, 큰아들이 중학교에 입학했다. 아들의 영어 자습서는 나의 교과서가 되었다. 시간을 정해 놓고 온 가족이 함께 영어 성경 테이프를 들었다. 아들이 학교에서 영어로 쓰인 대화문을 가져왔다. 내 발음이 어설폈지만, 함께 연습했다. 아들도 덩달아 열심히 했다. 큰아들이 EBS에서 전국적으로 실시하는 듣기 테스트에서 만점을 받았다. 그 소식은 나에게 커다란 즐거움이 되었다.

그해에 진천읍에 있는 여성회관에서 영어 강좌를 열었다. 일주일에 한 번 수업이 있었다. 갈급한 마음에 등록했다. 개강하는 날부터 순탄치가 않았다. 우리 교회 성도가 다니는 회사에서 공장 증축 공사를 한다고 했다. 남편은 기공 예배를 드려 달라는 부탁을 받았다. 영어 강좌 개강하는 날과 같은 날이었다. 그 회사 대표는 신실한 기독교인이었다.

나는 개강하는 날 빠지고 싶지 않았다. 진지하게 남편과 상의했다. 나의 간절한 마음을 아는 남편은 영어 강좌에 가는 것을 허락해 주었다.

많은 성도가 참석해서 성황리에 기공식을 잘 마쳤다고 남편이 말했다. 마음 한편으로 불안했었는데 안심이 되었다.

그런데 다음 날 수요예배가 끝나고 한 성도가 나를 보자고 했다. "기공식에 안 오셨던데, 요즘 무엇 때문에 바쁘세요?" 물었다. 나는 느닷없는 질문에 당황했다. 솔직하게 참석하지 못했던 내막을 말했다. 나의 말을 듣고 있던 성도가 진지한 어조로 말했다.

"쓸데없이 뭣 하러 영어를 공부하세요? 공부하려면 주일학교 학생들 가르칠 것이나 하든지."

"저도 모르겠습니다. 그런데 제 안에서 끊이지 않고 열정이 솟아납니다. 후일에 하나님의 어떤 계획이 있으신 것인지, 저도 모르겠습니다."

내 말이 끝나자, 그 성도는 다시는 아무 말 없이 자리를 떠났다. 참으로 신기했다. 내가 준비해 놓은 말이 아니었다. 마치 미리 준비했던 것처럼, 내 입에서 그런 말이 툭 튀어나온 것이다. 그때부터 나는 내가 영어 공부를 시작했다는 것을 숨기지 않았다. 배수진을 치는 심정으로 당당하게 말했다. 감추려고 고민하지 않았다.

넘기 어려웠던 엽돈재

2004년 3월 4일부터 6일까지 우리나라 중부 지방에 폭설이 내렸다. 내가 그토록 기다렸던 개강일이었다. 학교에 가는 도중에 폭설로 인해서 휴강한다는 문자를 받았다. 나의 대학 생활은 그렇게 시작되었다.

2003년 3월, 덕산제일교회 새 예배당 건축이 시작되었다. 2004년 10월에 예배당 봉헌식을 했다. 한 해라도 젊은 나이에 공부를 시작하고 싶었다. 큰아들이 군에 있는 동안 공부하는 게 좋겠다는 판단에 입학했다. 서울에 있는 학교에 진학한 작은아들은 기숙사에 들어가서 한 가지 걱정은 덜어 주었다. 그러나 눈앞에 닥친 현실은 내가 상상했던 것보다 더욱 혹독했다. 나에게 초인적인 강인함을 요구했다.

예배당 공사가 마무리되어 갈 무렵, 건축 비용을 절약해야만 했다. 토요일과 주일 오후에는 성도들과 함께 신축 예배당에서 일했다. 교회 일 마치고 녹초가 되어 집에 들어왔다. 집에 돌아오면 해야 할 학교 과제가 나를 기다리고 있었다. 과제도 하지 않고 가방만 들고 왔다 갔다 하는 것은 나 자신이 용납할 수 없었다. 밤이 늦도록 과제를 했다.

진천에서 천안에 있는 학교에 가려면, 백곡을 지나고 엽돈재를 넘어 입장을 통과해서 갔다. 월요일 아침 학교에 갈 때는 말로 표현할 수 없이 졸음이 쏟아졌다. 엽돈재 정상을 조금 내려가면 오른쪽에 차를 주차할 수 있는 공간이 있었다. 그곳에 차를 세우고 눈을 붙였다. 운전을 계속하다가는 사고를 낼 것 같았기 때문이었다.

하굣길에 졸음이 쏟아지면, 엽돈재 정상 공터에서 잠시 눈을 붙이곤 했다. 한번은 잠이 깊이 들고 말았다. 눈을 뜨니 주변이 이미 캄캄했다. 무서워서 혼났다.

나는 교회일·집안일·학교 공부에 최선을 다하고자 애썼다. 열심히 공부하였지만, 아들 나이 또래의 학생들과 함께 시험을 보아서 수석을 하기는 쉽지 않았다. 특히 말하기에서 따라갈 수가 없었다. 그래도 차석 장학금을 받아 가족들에게 면목이 섰다.

아직 공부할 것들이 많은데 벌써 졸업인가 할 무렵, 편입학 정보가 게시판에 붙기 시작했다. 교수님들과 급우들도 편입학에 관한 대화가 많아졌다. 입학할 때는 3학년 편입에 대해 생각을 하지 않았었다. 그런데 졸업이 다가오니 더 공부하고 싶은 욕심이 생겼다.

담당 교수님과 상담을 했다. 집에서 다닐 가능성이 있는 학교를 찾아보았다. 공주대학교 영어과와 충주대학교 영어과에서 편입생 모집이 있었다. 두 곳 모두 국립대였다. 나는 두 학교를 놓고 고민했다. 공주대학교는 집에서 학교까지의 거리가 더 멀었다. 나는 조금이라도 집에서 가까운 충주대학교 영어과에 편입학 원서를 냈다. 합격과 불합격은 하나님 뜻에 맡기고 결과에 따라 순종하기로 마음먹었다.

삼계탕으로 맺어진 끈끈한 우정

우리 교회에서는 1987년부터 일 년에 두 번씩 경로잔치를 해 오고 있다. 여름에는 삼복더위 기간에 삼계탕 잔치를, 겨울에는 성탄절 전에 떡국 잔치를 한다. 마을마다 찾아가서 어르신들을 모시고 온다.

개척 다음 해인 1987년 당시엔 잔치할 장소가 없었다. 초등학교 운동장을 빌려서 텐트를 치고 잔치를 했다.

첫해에는 형편이 어려워서 삼계탕을 하지 못했다. 큰 닭을 사서 닭죽을 했다. 수박 등 과일과 다과를 준비했다. 주일학교 아이들은 어르신들 앞에서 무용도 하고 노래를 불렀다. 어르신들도 즐거워하셨고, 우리도 행복했다.

12월에는 크리스마스 때 떡국 잔치를 했다. 우리 교회 개척 초기에 나온 할머니 성도님의 집에서 가마솥에 떡국을 끓였다. 성도님 집의 아궁이에 불을 때서 뼈 국물을 우려냈다. 정성껏 만두를 만들었다. 대청마루·안방 할 것 없이 손님들로 가득 찼다. 나는 그때 이렇게 기도했다. '어르신들을 좋은 환경에서 더 정성껏 모실 수 있도록 해 주세요.'

자신의 집을 기꺼이 제공하시고, 봉사해 주신 그 성도님을 하나님 나라에 보내 드리는 날 나는 너무나 슬펐다. 장지에서 관에 흙을 뿌려 취

토할 때, 손에 쥐고 있던 한 줌의 흙을 놓지 못하고 나는 한동안 울며 서 있었다.

2004년 10월 7일, 드디어 우리 교회가 새 예배당을 짓고 봉헌예배를 드렸다. 덕산면 무형문화재 사물놀이 어르신들이 와서 한바탕 축하 공연을 했다. 함께 있던 감리교 신학대학교 동기 목사님들이 봉헌예배 때 동네 어르신들이 이렇게 축하해 주는 모습은 처음 본다며 부러워했다. 삼계탕으로 맺어진 끈끈한 우정이었다.

2013년 7월 13일 삼계탕 잔치를 앞두고, 우리는 한 주간 내내 삼계탕 잔치 준비로 분주했다. 미리 육수와 삼계닭을 준비하여 냉장고에 넣어 놓았다. 육수를 낼 땐 좋은 한약 재료를 듬뿍듬뿍 넣는다. 삼계닭도 300여 마리를 준비했다.

2013년은 다른 해보다 조금 더 특별했다. 우리 교회 성도 한 분이 청주 MBC 편집국장으로 있는 고등학교 동창을 만났다. 우리 교회가 30여 년째 동네 어르신을 모시고 일 년에 두 차례씩 잔치한다고 자랑을 했단다. 그 말을 듣고 청주 MBC에서 취재를 나왔다. 12일 준비 과정에서부터 13일 잔치 장면을 촬영해 갔다.

삼계탕 잔치가 끝나고 며칠 후에, 내가 단골로 이용하고 있는 옷 수선집에 갔다. 사장님은 내가 갈 때마다 바쁘다. 긴말은 나누지 못하고 잠깐씩 서서 인사를 나누며 지냈다. 20여 년을 알고 지내며 참 근면하신 분이라고 생각했다. 그녀가 나를 보더니, "교회 사모님이셨어요?" 하며 반색을 했다. 나는 깜짝 놀라며, "어떻게 아셨어요?" 물었다. 사장님은 며칠 전에 텔레비전에서 나를 봤다고 했다. 덕산제일감리교회 삼계탕 잔치가 방영될 때, 목사님 곁에 서 있는 나를 보았다고 했다. 나는 대중매체의 영향력을 실감했다.

남편은 목회하면서 동네 어르신들을 열심히 섬겼다. 어언 40여 년을 계속 이어 올 수 있었던 것을 보면, 하나님께서 기뻐하시는 일임에 틀림이 없다.

가슴에 있던 돌 하나

나는 비교적 약속 시각을 정확히 지키려고 노력한다. 소소한 약속이라도 어기면 마음이 편하지 않다. 어느 주일 오후 예배가 끝나고 저녁 약속이 있었다. 여느 주일과 다름없이 남편은 참으로 분주했다. 예배가 끝난 후에도 해야 할 일들이 많다.

약속 시각에 맞춰 떠나기 30분 전쯤에, 남편이 어떤 성도와 상담이 있다고 했다. 남편은 잠깐이면 된다고 하며 사무실로 내려갔다. 그러나 30분이 거의 다 되어도 남편이 나오지 않았다.

약속 장소에 조금 늦는다고 연락을 했다. 나는 조바심으로 할 수 없이 사무실 문을 노크했다. 남편이 알고 있다고 말했다. 사무실 안의 가라앉은 분위기가 느껴졌다.

나는 아예 포기하기로 했다. 이미 약속했던 다른 성도에게 이곳의 상황을 전달하고 사과했다. 그 성도는 늦어도 좀 더 기다리겠다고 했다. 잠시 후에 남편이 왔고, 우리는 거의 한 시간 늦게 약속 장소에 도착했다.

그 일 후에 나는 마음이 편하지 않았다. 내가 다른 사람에게 약속 잘 지키는 사람이 되기 위해 남편의 일을 방해한 것이 계속해서 마음을 짓눌렀다. 새벽마다 기도해도 불편한 마음이 사라지지 않았다. 지금까지 나의 신앙 경험으로 볼 때, 이것은 분명 하나님께서 기뻐하실 일이 아니었다. 아무리 힘든 일이라 할지라도, 하나님이 원하시는 일이라면 그 안에 기쁨이 있었다.

나는 어느 주일 그때 남편과 상담했던 성도를 만나 사과했다.

"어떠한 상황에서도 내가 기다렸어야 했는데 미안했다. 그동안 마음이 편하지 않아서 많이 기도했다."

"한참 전의 일인데요, 일 다 잘되었어요. 괜찮아요."

그녀는 환하게 웃으며 말했다.

나는 이렇게 해서 가슴에 있던 돌 하나를 빼냈다.

나의 꿈 그리고 나의 길

목사 아내의 외로움

나는 40여 년을 목사의 아내로 살아오고 있다. 스물아홉의 새댁이 이 곳 덕산에서 강산이 네 번 바뀌는 시간을 보냈다. 성도들을 위로하고 격려하며 함께 달려왔다. 교회 성도들을 요람에서 무덤까지 보살피는 것이 목사의 일이다.

유치부 어린아이부터 어르신까지, 모두가 교회에 대한 의견이 있다. 교회를 사랑하는 마음과 뜻은 같지만, 의견은 각자 다르다. 목사의 아내가 어떠하면 좋겠다는 생각도 모두 다르다.

사람이 모두에게 인정받는 것은 불가능하다. 만약 그리되기를 원한다면, 팔려가는 당나귀 우화의 당나귀 신세가 된다. 나는 사람에게 인정받기보다는, 하나님이 나에게 주신 고유한 사명이 무엇인가를 늘 생각하며 살아가고 있다. 언제나 하나님의 손에 붙잡혀 있기를 소원한다. 하늘나라의 법을 따르되, 나 스스로 중심을 굳게 세우고 살려고 노력한다.

언젠가 남편이 지킬 박사와 하이드에 관한 설교를 했다. 선과 악은 우리 내면에 동시에 존재한다. 인간의 양면성은 누구도 부인하지 못한다. 단지 우리는 어느 쪽을 선택하느냐에 따라 자신의 인생이 결정된다. 결국, 우리는 선으로 악을 이기는 쪽에 서야 한다. 나 스스로 혼자 서기는 어렵다. 그러므로 나는 날마다 십자가의 도를 묵상한다.

다윗은 골리앗과 싸울 때 사울이 입혀 준 갑옷과 투구를 벗어 던졌다. 자기가 입고 있던 평상시의 옷을 입고 나가 싸웠다. 나는 나의 옷을 입고 행복하게 하나님의 일을 하고 싶었다. 내 안에서 끊임없이 솟아나는 열정이 이끄는 일을 하고 싶었다. 나는 내 안에서 들려오는 마음의 소리에 귀 기울였다.

내가 외롭고 어려울 때는 위로받을 길이 없었다. 공부하는 것이 돌파구가 되었다. 나에게 공부할 수 있는 평탄한 환경이 주어진 것은 아니었다. 그러나 그러한 환경이 공부하고자 하는 나의 의지를 방해할 수는 없었다. 나는 공부하는 즐거움으로 목회의 힘듦을 극복하며 살아왔다.

나는 목사의 아내이기 이전에 하나님께서 이 땅에 태어나게 해 주신 아름다운 피조물이다.

하나님께서 준비하신 땅

교회가 성장하여 예배당이 좁아졌다. 예배당을 지어야 했다. 그러려면 새로운 땅을 사야 했다. 교회가 감당할 수 있는 가격으로 두 군데의 땅이 나왔다. 한 곳은 덕산면 파출소 뒤에 있는 땅이었다. 버스 정류장과 면사무소에서도 가까웠다. 다른 한 곳은 덕산 시내에서 상당히 떨어진 외진 곳이었다. 그야말로 허허벌판 논과 밭밖에 없었다. 가격은 시내의 땅과 같았으나 넓이는 두 배 정도 넓었다.

남편은 두 곳을 놓고 기도했다. 지인 목사님들에게 보여 주며 자문했다. 이구동성으로 모두가 덕산 시내의 땅을 추천했다. 교회가 다니기 편하고, 사람이 많이 있는 곳에 있어야지 허허벌판에 있으면 안 된다고 했다. 20년 전에 지금의 예배당 터는 그야말로 허허벌판이었다. 덕산 시내에서 걸어서 다니기에는 먼 거리였다. 그 당시 성도들 가운데 자가용이 있는 집은 몇 가정뿐이었다. 남편이 결정을 내리기가 절대 쉽지 않았다.

남편은 기도 끝에 결단을 내렸다. 두 가지 측면에서 확신하게 됐다. 덕산 시내에서 좀 멀긴 했지만 넓은 곳을 택했다. 넓다는 것보다 더 중요한 한 가지 이유가 있었다. 덕산 시내에 먼저 지어진 교회가 둘 있다. 늦게 세워진 우리 교회가 선교적인 차원에서 멀찍이 떨어져 있는 게 좋겠다는 생각에서였다.

새 예배당을 짓기 전에 우리 교회는 덕산중학교 후문 근처에 있었다. 땅을 사고 얼마 되지 않았을 때, 사용하고 있는 예배당을 통과하는 2차선 도로가 난다고 군청에서 통보가 왔다. 땅을 미리 사 놓은 것을 하나님께 감사했다.

성도들은 매일 돌아가면서 새로 산 땅에 가서 기도했다. 걸어 다니기 멀다고 불평하지 않았다. 비가 오나 눈이 오나 기도는 끊어지지 않았다. 질펀한 맨땅에 무릎을 꿇고 기도한 흔적을 보고 남편이 목이 메도록 감동했다는 말을 지금도 한다.

2003년, 하나님의 은혜로 교회 건축이 시작되었다. 새 땅을 산 후에 교회 재정이 넉넉하지 않았다. 남편은 종합 계획(master plan)을 세워 놓았다. 일차적으로 기둥을 세우고 지붕만 씌우면 비를 피할 수 있고, 예배를 드릴 수 있다고 했다.

교회 신축 토목 공사를 시작할 때, 우리 땅 건너편에 2차선 도로가 생겼다. 전혀 생각하지 못한 일이었다. 그동안에는 우리 교회를 짓고 있는 땅과 붙어 있는 도로가 유일한 도로였다. 그 도로는 좁아서 차선도 없었다. 옆 동네로 가는 버스와 공장 트럭 등 모두 그 도로를 사용했다. 새 도로가 나는 바람에 기존의 도로는 우리 교회 전용 도로처럼 되었

나의 꿈 그리고 나의 길

다. 교회 건축을 하는 데 차량 통행이 전혀 방해받지 않았다.

남편은 기둥을 세우고 지붕만 씌워도 감사하다고 했었다. 하나님의 도우심과 성도들의 자발적인 헌신으로 예배당이 완공되어 2004년 10월 7일 예배당 봉헌예배를 드렸다.

교회 주변은 주로 논·밭·과수원 그리고 야산이었다. 동네가 있었으나 인가가 그리 많지 않은 곳이었다. 그곳에 충북혁신도시가 생긴다는 뉴스가 방송에 나왔다. 곧이어 진천과 무극·음성·장호원을 연결하는 4차선 도로가 생겼다.

혁신도시 공사가 진행될 당시에, 나는 우리 교회에서 NIV 영어 성경을 가르치고 있었다. 함께 공부하는 학생 중에 스리랑카에서 온 메뉴엘이 있었다. 그는 혁신도시가 빠르게 세워지는 과정을 보면서, 기적의 도시(miracle city)라고 했다. 자기네 나라에서는 상상도 못 할 일이라고 했다.

덕산 시내와 혁신도시의 중간 지점에 우리 교회가 있다. 우리 교회를 방문하는 외부인들이 교회가 절묘한 위치에 있다고 말한다.

새로 지은 넓은 교회 식당에서 동네 어르신들을 모시고 복더위 삼계탕 잔치를 했다. 겨울에는 떡국 잔치를 했다. 좋은 환경에서 동네 어르신들을 모실 수 있어서 감사했다. 동네 어르신들은 김만오 목사가 선견지명이 있다고 덕담을 해 주셨다. 하나님께서 남편의 마음에 감동을 주신 땅이 이처럼 복된 땅이 되었다.

하나님을 사랑하는 많은 사람들이 마음껏 예배할 수 있는 아름다운
장소를 하나님께서 미리 준비해 주신 것이다.

나의 꿈 그리고 나의 길

진천 지방 연합성회,
우리 교회 성가대 찬양의 감격

2011년 9월 어느 날, 나는 예배 시간에 오르간 반주를 하고 있었다. 회중석에서 찬송가를 부르는 소리가 들렸다. 내 귀에 낯설고, 굵직한 남성의 음성이었다. 그 목소리의 주인공은 성량이 풍성했고 음정이 정확했다. 나는 예배 시간에 뒤돌아볼 수도 없고, 반주하는 내내 그 음성의 주인공이 무척 궁금했다.

후에 그 음성의 주인공은 솔리데오 글로리아 성가대 지휘자가 되었다.

우리 교회는 개척 초기부터 성가대를 만들어 하나님께 찬양했다. 학생들도 함께 참여했다. 쉬운 성가곡집에서 곡을 선곡했다. 남편이 지휘하며 지도했다. 내가 반주를 하는 것에 한계가 있어서 수준 높은 곡은 하지 못했다.

진천 지방 연합성회 때 다른 교회의 성가대를 보면서 우리도 꿈을 가졌다. 우리 교회도 진천 지방 연합성회에서 찬양할 수 있는 날이 오기를 기다렸다.

2019년, 드디어 우리의 꿈이 이루어졌다. 우리 교회 성가대가 진천 지방 연합성회 때 성가대 자리에 앉았다. 최선을 다해 연습했다. 반주자를 위해서 내가 반주를 하는 심정으로 기도했다. 아직 연습이 부족하여 능숙하고 세련된 음색은 아니지만 우리는 최선을 다하여 하나님을 찬양했다. 나는 감격하고 또 감격했다.

교회 공동체는 서로 다른 사람들이 하나님을 믿는 믿음으로 모인 곳이다. 하나로 연합하는 우리 교회 성도들을 보며 눈물겹도록 하나님께 감사드린다.

2021년 2월, 교회에 큰 어려움이 있었다. 우리가 아무리 노력해도 사람의 노력으로 막지 못할 고난이 찾아올 때가 있다. 하나님을 믿고 담임목사님을 신뢰하며, 한마음으로 똘똘 뭉쳐 어려움을 극복했다. 나는 그 과정을 지켜보며 살아 계신 하나님께 영광을 돌렸다.

나는 우리 교회가 역사에 남을 아름다운 교회가 되기를 기도한다. 교회 건물만 아름다운 것이 아니라, 하나님을 섬기는 사람들이 아름다운 교회가 되기를 기도한다.

교회를 개척했던 1986년, 남편은 나와 우리 두 아들을 앉혀 놓고 주일예배 설교를 했다. 나는 우리 교회 성가대가 진천 지방 연합성회에서 처음으로 찬양할 때의 감격을 잊지 못한다. 하나님께서 이끌어 주셨기에, 모든 것이 가능했던 것을 고백한다.

맨땅에 덕산제일교회를 걸음마 시켜 놓으시고 안쓰러우셨을 하나님께서도 남편의 등을 감싸 주시며 "고생했다." 하실 것을 믿는다.

며칠 후에 있을 진천 지방 연합성회의 찬양을 위해 연습하는 성가대의 찬양 소리가 예배당 뜰에 가득히 울려 퍼진다.

비전랜드

우리 교회가 현재의 땅을 살 때, 도시 계획에 교회 땅의 가운데를 지나는 4차선 도로가 그려져 있었다. 땅을 살 당시(2000년경)에도 그려진 지 30여 년 되었다고 했다. 앞으로도 언제 시행될지 모른다고 했다. 교회 건물을 지을 때는 지적도상의 도로를 피해서 지었다. 그 후 20년이 지났다.

충북혁신도시가 생기면서 도로 공사를 할 것이라는 말이 들리기 시작했다. 남편과 나는 금방 공사를 시작하지 않으리라고 생각했다. 그러나 일은 급속하게 진행되어 곧 도로 공사가 시작될 것 같다. 다행인 것은 4차선 도로가 2차선 도로로 축소되었다고 한다. 그런데도 도로가 생기면 현재 쓰고 있는 교회 주차장이 거의 없어져 버린다.

지금은 성도들이 교회에 올 때 거의 자동차를 타고 온다. 차가 두 대이상 오는 가정도 많다. 주차장이 없으면 모두가 불편을 겪게 될 것이다. 남편은 교회 주변의 땅을 사방으로 알아보았다.

교회에서 접근성이 좋고 주차장으로 쓸 만한 곳이 많지 않았다. 교회 주변의 땅들은 팔지 않는다고 했다. 궁여지책으로 주차장 뒤쪽에 있는 자투리 땅이라도 사려고 했으나 팔지 않는다고 했다.

그러던 중에 팔지 않겠다던, 교회 입구의 길 건너 땅을 팔겠다는 제의가 들어왔다. 교회 주변 땅값이 많이 오른 상태여서 제안하는 땅값이 우리의 예상보다 훨씬 비쌌다. 남편은 기도원에 갔다. 아침 금식을 하며 일주일 동안 기도했다. 지금 아니면 땅을 살 기회를 놓칠 수 있다고 판단했다.

남편은 교회의 앞날을 위해서 지금 그 땅을 사야만 한다고 확신했다. 어렵사리 계약금을 준비하여 땅을 계약했다. 앞날의 발전된 덕산제일교회를 꿈꾸며 산 땅을 '비전랜드, VISION LAND'라고 이름을 붙였다.

현재의 예배당을 성도들이 스스로 자원하는 예물로 건축했다. 그렇게 했음에도 교회 재무부에서 예상했던 것보다 훨씬 빨리 부채를 갚았다.

비전랜드를 준비하는 지금도 마찬가지다. 성도들이 마음에 감동되는 대로 예물을 봉헌하고 있다. 성도들의 자원하는 예물로 아름답게 주차장이 조성되어 갈 것이다. 비전랜드를 분명 하나님께서 그렇게 해주실 것을 확신한다.

우리 교회가 하나님과 영혼들을 더욱 사랑하기를 기도한다. 기쁨으로 하나님을 예배하고, 이웃을 섬기는 교회가 되기를 기도한다. 하나님께 칭찬받는 아름다운 교회가 되기를 기도한다.

Chapter 6

배움은 필수 과목

또래보다 2년 늦은 고등학교 입학

중학교 2학년 때, 내가 다니고 있던 학교 재단에서 삼화여상을 설립했다. 3학년 담임선생님께서 여상으로 진학하면 장학금을 계속 받을 수 있게 힘써 보겠다고 했다. 그 당시 여상에서는 부기와 주산을 배워야 했다. 여상에 다니는 학생들은 주산·부기 학원에 다녔다. 주산 시험과 부기 시험을 보아야 했다. 나는 숫자에 별 흥미가 없었기 때문에 여상에 진학하지 않았다.

나는 인문계 고등학교에 입학하여 계속 공부하고 싶었다. 그러나 내 아래로 여동생 하나와 남동생 둘이 있었다. 나는 고등학교 진학을 포기했다. 졸업 후 부모님의 과수원에서 2년간 일손을 도왔다. 고등학교에 진학하여 공부하고 싶어서 밤에 이불을 뒤집어쓰고 우는 날이 많았다.

예산여고에 다녔던 둘째 언니 친구가 내 사정을 알고는 방송통신고등학교를 소개해 주었다. 둘째 언니는 그때 서울에서 직장에 다니고 있었다. 중학교를 졸업하고 2년이 지난 1976년, 나는 서울로 올라갔다. 둘째 언니와 함께 살면서 창덕여자고등학교 부설 방송통신고등학교에 입학했다.

방송통신고등학교에 입학하여 1학년 첫 기말고사를 볼 때 나는 한

가지 결심을 했다. '만약 성적이 형편없으면 학교에 다니는 것을 포기하자.'

그런데 시험 성적이 기대 이상으로 잘 나왔다. 나는 용기를 얻었다. 방송을 들으면서 고등학교 모든 과정을 공부했다. 낮에는 일하고 저녁시간에 방송을 들으며 공부했다. 일요일에는 학교에 나가서 출석 수업을 했다. 나와 처지가 비슷한 친구들과 만남이 큰 힘이 되었다. 지금도 변함없는 우정으로 사총사가 만나고 있다. 점심시간에는 교회에 다니는 친구들이 음악실에 모여서 함께 예배를 드렸다.

방송통신고등학교에 입학하게 된 것을 중학교 3학년 담임선생님께 말씀드렸다. 부모님 집에 내려갈 때 온양에서 선생님을 뵙곤 했다. 선생님은 이렇게 격려해 주셨다.

"기특하구나, 너는 또순이다. 뭐든 할 수 있는 아이다."

완전한 독학은 아니었지만 굳은 의지가 필요한 힘든 시기였다. 그 힘듦을 이겨 낸 것이 훗날 내 인생에 헤아릴 수 없는 큰 힘이 되었다.

기독교음악 통신대학교 피아노과

덕산제일교회가 개척된 다음 해인, 1987년 많은 주일학교 학생들이 연극과 노래를 하며 성탄 재롱잔치를 했다. 남편은 신학교 재학 시절 '어린이전도협회'에서 공부를 했다. 그 때문인지 아이들이 정말 잘 따랐다.

그렇게 몰려드는 아이들을 남편과 나는 열심히 가르쳤다. 하나님께서는 협력할 성도들을 때맞춰 보내 주셨다. 우리는 학생들을 가르치는 것에 집중할 수 있었다. 우리 교회는 농번기 탁아소를 하며 이웃과 가까워졌다.

그 무렵 교회에 피아노가 생겼다. 나와 우리 교회 성도가 2년여에 걸쳐서 대금을 치르고 샀다. 피아노가 생기니 연습은 할 수 있었다. 하지만 교회 반주에 대한 지식이 부족했다.

나는 기독교음악 통신대학교 피아노과에 입학했다. 기독음대는 전국에 분교가 있다. 교회 반주자와 하나님을 찬양하기를 원하는 사람들을 육성하는 것이 목적인 학교다. 고등학교를 졸업하고 13년 만에 다시 공부를 시작했다.

2년 동안 교회 반주와 음악 이론을 공부했다. 이론은 통신으로 공부했다. 일주일에 한 번 충주에 있는 분교에 나가서 실기 레슨을 받았다. 학생들 방학 기간에는 서울에 올라가 일주일간 등교 수강을 했다.

이론 공부는 어렵지 않았지만, 실기는 어려웠다. 함께 공부하는 동료 학생들의 피아노 실력은 나보다 월등했다. 중간고사와 기말고사 실기 시험은 슈베르트나 베토벤을 연주했다. 늦게 피아노를 공부한 나로선 적잖이 어려웠다. 교수님의 배려로, 나는 입문자가 연주하는 모차르트 곡 중에서도 느린 악장을 연습하여 시험을 보았다. 다행히 빨리 연주하지는 못했지만, 악보 암보는 할 수 있었다.

남편이 목회를 시작하고 교회에 반주자가 생기기 전까지 나는 하나님께 쓰임 받아서 행복했다. 피아노 소리에 끌려서 학원을 찾아갔고, 학원 청소를 하며 배운 피아노가 하나님을 예배하는 데 쓰임 받으니 감사했다.

큰아들과 같은 중학교에 다니며 열심히 교회에 나오는 여학생이 있었다. 다섯 살 때부터 피아노를 배웠다고 했다. 찬송가도 잘 쳤다. 드디어 하나님께서 우리 교회에 반주자를 보내 주셨다. 그 여학생은 청주에서 고등학교에 다닐 때도 매주 교회에 출석하며 반주를 했다. 그리고 나사렛대학교 피아노과에 입학하여 피아노 전공을 했다. 2부예배 솔리데오 글로리아 반주자는 중학교 1학년 때부터 우리 교회 주일예배 반주를 했다.

영어가 말을 걸어왔다

큰아들이 초등학교 5학년이던 1994년 5월이었다. 나의 인생에 커다란 변화를 가져올 사건이 일어났다. 남편의 지인이 필리핀 선교사로 있을 때였다. 필리핀에서 공부하고 있던 여러 나라 기독교인 학생들이 선교사와 함께 한국을 견학하러 왔다. 남편도 초청을 받아 그들과 함께 우리나라 기독교 성지를 돌아보고 있었다.

남편에게서 전화가 왔다. 그날 저녁 숙소는 천안이라고 했다. 온양에 있는 현충사가 기독교 성지는 아니다. 하지만 천안에서 멀지 않고 가볼 만한 가치가 있다고 생각했다. 진천에서 멀지 않은 곳이니까 나보고 온양 현충사로 오라고 했다.

현충사에 도착하니 남편과 일행이 나를 기다리고 있었다. 모두 20여 명 되는 동남아시아 · 아프리카 등지에서 온 학생들이었다. 그중에 여자는 단 한 명이었다. 피부색이 연필 속처럼 까만 나이지리아 사람이었다. 현충사 경내를 걸으며 나는 나이지리아 여자분과 자연스럽게 짝이 되었다. 그녀는 사귐성이 좋았다. 나에게 연신 말을 건네며 나의 팔짱까지 꼈다. 나는 한 마디도 알아듣지 못했다. 말을 할 수도 없어서 얼

나의 꿈 그리고 나의 길

굴을 바라보며 웃기만 했다. 나의 마음은 그때부터 혼란스러웠다.

그들은 모두 영어로 대화를 하고 있었다.

남편도 별 어려움이 없는 듯 보였다. 그날 만난 사람들이 미국인이었거나 영국인이었다면 나는 덜 혼란스러웠을 것이다. 그들이 모국어를 사용하는 것은 당연한 일이니까. 그러나 그날 만난 외국인들은 모국어가 따로 있는 동남아시아 국가와 아프리카 사람들이었다. 그들은 모두 영어로 대화를 했다. 나는 영어가 만국 공용어임을 실감했다.

한국이 자기네 나라보다 선진국이라며 견학을 온 학생들이 모두 영어로 소통을 했다. 나는 한 마디도 알아듣지도 못하고 말도 하지 못했다. 정말 답답했다.

‘영어를 배우면 세계 여러 나라 사람들과 친구가 될 수 있겠구나.’

하는 생각이 내 머릿속을 가득 채웠다. 나도 당장 영어 공부를 시작하겠다고, 그날 나는 마음속으로 굳게 결심했다.

그 결심은 저녁에 천안 어느 교회에 마련된 숙소에서 모임을 할 때 더욱 확고해졌다. 하루를 정리하는 저녁 모임에서 ‘우리는 사랑의 띠로’라는 복음성가를 불렀다. 한번은 영어로 다 함께 불렀다. 그다음엔 각자 자기네 나라 언어로 돌아가며 불렀다.

‘어떻게 해서라도 영어를 배울 것이다.’

나는 다짐하고 또 다짐했다.

우리는 사랑의 띠로

우리는 사랑의 띠로 하나가 되었습니다

하나님을 사랑하고 예수님의 사랑을 널리 전하세

모두 찬양하며 주의 사랑을 전하세

모두 함께 예수님의 사랑을 세상에 널리 전하세

The Bond of Love

We are one in the bond of love,

We are one in the bond of love;

We have joined our spirit with the Spirit of God

We are one in the bond of love

Let us sing now, everyone,

Let us feel His love begun;

Let us join our hands that the world will know

We are one in the bond of love.

나의 꿈 그리고 나의 길

일주일간의 고시 공부

1999년 큰아들이 고등학교 1학년 때의 일이다. 그날 아침에도 예외 없이 EBS Morning special을 들으며 집안일을 하고 있었다. 방송이 끝나갈 무렵이었다. 진행자 이보영 씨의 마무리 인사에 귀가 번쩍 뜨였다.

"내일은 천안외국어대학이 주최한 고등학생 English speaking contest(영어 말하기 대회)에서 우승한 공주의 한일고등학교 학생들이 초대 손님으로 나옵니다."

첫째, 한일고등학교는 큰아들이 다니고 있는 학교였다. 두 번째로는 '천안외국어대학'이라는 단어 때문이었다.

천안외국어대학을 검색해 보았다. 천안에 있는 2년제 대학으로 기독교 정신 위에 세워진 학교였다. 나도 모르게 가슴이 뛰었다. 이것저것 체계도 없이 영어 공부를 하는 것이 뭔가 흡족하지 않았던 터였다.

학교 교목실로 전화해서 상담했다. 수능 시험을 보지 않고, 고등학교 졸업장이 있으면 입학할 수 있는 만학도 전형이 있다고 했다. 방송통신고등학교 시절의 어려움이 주마등처럼 머리를 스쳐 지나갔다. 어려움을 극복하고 고등학교를 졸업한 것이 바로 이때를 위함이었구나 싶었다. 내 길을 앞서 인도하시는 하나님께 감사했다.

그렇지만 현실적으로 내가 대학에 입학한다는 것은 불가능했다. 큰아들이 고등학교 1학년이고 작은아들은 중학교 2학년이었다. 교회는 성장하고 있었다. 내가 해야만 하는 목회 일정은 빈틈이 없었다. 또 하나의 어려움은 가정 경제도 가장 힘든 시기였다. 일단은 꿈을 접었다. 그 무렵 아버지 생신 때 친정에 다녀왔다. 아버지께서 이런 말씀을 하셨다.

"우리 딸들도 공부 잘했는데, 아버지가 공부 뒷바라지를 제대로 못해 줘서 미안하다."

평소에도 가끔 하시던 말씀이었다. 그날은 나에게 달리 들렸다. 나는 마음속으로 아버지와 약속했다.

"아버지, 넷째 딸 정희가 꼭 대학에 들어갈 테니 미안해하지 마세요."

그때부터 나는 체계적으로 대학 진학 계획을 세웠다. 두 아들의 교육이 우선이었다. 두 아들이 대학생이 될 때까지 나의 계획은 혼자만의 비밀로 했다. 나는 입학금을 준비하려고 적금을 들었다. 입학하고 나면 장학금을 받는 것을 목표로 세웠다.

작은아들도 형이 한일고등학교 3학년 때, 형과 같은 학교에 입학했다. 큰아들은 공주대학교 사범대학에 합격했다. 2003년 2학년 1학기 기말고사를 마치고 군에 입대했다. 작은아들은 2003년도 수능시험에서 성적이 우수하여 원하는 대학에 입학했다. 입학뿐만 아니라 재학 4년 동안 장학금을 받을 수 있게 됐다. 이 또한 나를 위한 하나님의 선물로 여겨졌다. 작은아들의 수능 성적 발표가 있었던 직후에 나의 계획을 가족들에게 털어놓았다.

하지만, 주위 환경을 둘러보면 내가 대학에 입학하지 말아야 할 이유가 해야 할 이유보다 더 많았다. 이런저런 이유로 대학 입학 결정을 망설이고 있었다. 그때 내가 외우고 있던 영어 문장이 떠올랐다. EBS TV 드라마 영어 〈크로스로드 카페, Crossroads Cafe〉에 나온 대목이다.

"Life is too short. Don't wait for the perfect time to do things with your life, that day may never come.(인생은 매우 짧다. 당신의 삶에서 무엇을 하든 간에 그걸 할 수 있는 가장 완벽한 시간을 기다리지 말라. 그런 날은 절대 오지 않을 수도 있다.)" 이 말은 망설이고 있는 나에게 하는 완벽한 충고의 말이었다.

우리 가족은 모두 나를 응원해 주었다. 누구보다도 나를 믿고 응원해 준 남편이 내게 가장 큰 힘이 되었다.

나는 신문에 실린 수능 영어 영역 문제를 풀어 보았다. 그리고 인문계 고등학교 전 학년 과정 영어 학습 진단평가를 위해 고등학교 1·2·3학년 영어 자습서를 사서 친정집으로 갔다. 비록 수학 능력 시험은 치르지 않았지만, 갓 고등학교를 졸업하고 막 올라온 스무 살 학생들과 함께 공부해야 했기 때문이다.

"엄마, 일주일 동안 저 공부만 할게요. 밥 좀 해 주세요."

"아니 그냥저냥 살지, 뭐 하러 사서 고생을 한다니."

하시던 어머니께서 이내 말을 바꾸셨다.

"그려 열심히 해라. 나도 공부하고 싶었는데, 외할아버지가 학교에 안 보내 주셔서 속상했어."

나는 어머니께서 해 주시는 밥을 먹으며 일주일간 대학 입시 고시 공부를 했다.

2004년, 작은아들이 서울대학교 자연과학대학에 입학했다. 같은 해에 나는, 내가 졸업한 후에 백석문화대학으로 이름이 바뀐, 천안외국어대학 영어과에 입학했다. 영어가 나에게 말을 걸어오고 10년 만이었다.

영어로 잠꼬대하다

내가 한창 영어에 열심을 내던 때였다. 어느 날 잠에서 깼을 때, 남편이 나를 보며 웃고 있었다. 무슨 좋은 일이 있냐는 나의 물음에 "당신 잠꼬대를 영어로 하더라. 그런데 잠꼬대할 때 더 잘하던데."라고 말했다. 내가 영어로 잠꼬대를 했다는 것이 신기했다. 정말이냐고 몇 번을 물어보았다.

나는 그 무렵 'OXFORD BOOKWORMS LIBRARY'라는 1~6단계로 되어 있는 영어학습서를 잠자기 전에 소리 내서 읽었다. 남편이 새벽예배 준비를 끝내고 잠자리에 든 후에도 책 읽기가 끝나지 않을 때가 많았다. 그럴 땐 남편이 "이제 잠 좀 자자."라고 말했다. 영어책을 읽다가 잠들어서 잠꼬대도 영어로 했었나 보다.

남편이 설교 시간에 일만 시간의 법칙을 얘기한 적이 있었다. 나는 그 설교 메시지가 목표를 정했으면 중단하지 말고 꾸준하게 하라는 뜻으로 받아들였다. 아무리 좋은 계획이나 목표도 하다가 중단하면 의미가 없다고 생각했다. 내 책상 위의 유리 아래에는 양사언의 시와 김천택의 시가 있다.

나태해지려 할 때마다 나를 일깨워 준다.

태산이 높다 하되

양사언

태산이 높다 하되 하늘 아래 뫼이로다.
오르고 또 오르면 못 오를 리 없건마는
사람이 제 아니 오르고 뫼만 높다 하더라

잘 가노라 닫지 말며

김천택

잘 가노라 닫지 말며 못 가노라 쉬지 말라.
부디 긋지 말고 촌음을 아껴쓰라.
가다가 중지곤 하면 아니 감만 못하니라.

영어로 잠꼬대를 했다니 이제는 공부를 중단할까 봐 염려하지 않아도 되겠구나 하고 안도했다.

하나님의 방법으로 응답해 주셨다

나는 편입학 합격통지서를 받고 충주대학교에 등록했다. 학기가 시작되고 얼마 되지 않았을 때였다. 학교 행정실에서 통장번호를 알려 달라는 연락이 왔다. 편입생 입학장학금을 받게 된 것이었다. 나는 정말 기뻤다. 어려운 가정 경제를 하나님께서 돌보아 주셔서 감사했다.

충주대학교로 편입한 후에도 나는 내가 할 수 있는 온 힘을 다하여 공부했다. 나에게 어렵게 주어진 기회를 소홀히 할 수가 없었다. 특히 이두원 교수님께 통사론(문장을 기본 대상으로 하여 문장의 구조나 기능, 문장의 구성 요소 따위를 연구하는 학문. 언어학의 한 분야이다.)을 공부하며 깨우침에 가슴 벅찼던 순간이 지금도 생생하다. 또한, 송정미 교수님께 아동영어지도 과목을 공부하며, 내가 어려워했던 발음의 궁금증이 풀려 감격했던 순간도 잊지 못한다.

또 하나의 잊지 못할 일이 있다. 2006년 1학기가 끝나갈 무렵, 학교 게시판에 여름방학 단기 어학연수 공고가 붙었다. 학교에서 연수 비용의 절반을 부담한다고 했다. 학점이 모자라면 신청할 수 없었다. 신청을 해도 11명 안에 들어야 했다. 나는 어학연수에 대한 호기심이 생겼다. 일단 신청해 놓고 결과를 기다렸다. 얼마 후 어학연수생 합격자 명단이 게시판에 올라왔다. 거기에 내 이름도 있었다.

그러나 나에게 있어서 그것은 단순한 문제가 아니었다. 한 달 동안 남편과 교회를 떠나 있어야 한다는 것은 쉬운 일이 아니었다. 나는 새벽마다 그 문제를 놓고 기도했다. 기도할 때마다 응답이 달랐다.

하루는 '안 돼. 어떻게 한 달이나 떠나 있을 수 있어. 불가능해. 포기하자.' 그다음 날엔, '아니야. 지금 아니면 다시는 기회가 주어지지 않을 거야. 어떻게든지 해 보자.' 두 마음이 교차하여 결론을 내리지 못하고 있었다. 그렇게 고민하며 결정을 해야 할 마지막 순간이 왔다.

나는 평소에 학교에서 돌아오면 곧바로 2층 사택으로 올라갔다. 그런데 그날은 어찌 된 영문인지 아래층에 있는 교회 식당으로 갔다. 식당 안에서 그냥 멍하니 서 있었다. 그때 교회 성도 한 분이 바쁜 걸음으로 식당 안으로 들어왔다.

"어, 사모님 학교에 갔다 오는 거예요? 그런데 무슨 걱정이라도 있어요?"

"네, 내일까지 결정해야 할 일이 있는데, 어떻게 해야 할지 몰라서요."

"아이고, 무슨 일인데 그러세요?"

평소의 나는 개인적인 일은 잘 말하지 않는 성격이다. 그런데 얼결에 그동안에 진행된 일을 그녀에게 말했다.

나의 꿈 그리고 나의 길

"아무래도 내일 학교에 가서 포기한다고 해야겠어요."

"사모님, 무슨 말씀이세요. 꼭 다녀오세요. 이런 기회가 언제 또 오나요? 사모님이 졸업하고 무슨 일을 하더라도 다녀오면 도움이 될 거에요. 교회랑 목사님은 걱정하지 마세요. 우리가 있잖아요."

그녀가 내 손을 덥석 잡으며 후다닥 말을 마쳤다.

그 말을 듣는 순간 내 가슴에 걸려 있던 돌덩이가 쑥 빠져나가는 느낌이었다. 남편에게 상담했을 때도 걱정하지 말고 다녀오라고 했다. 그런데도 도무지 마음이 편하지 않았었다.

말을 마친 그녀는,

"내가 교회에 왜 왔지? 생각이 안 나네. 모르겠다. 다음에 생각나면 다시 와야겠다. 사모님 저 가유."

하고는 휙 가 버렸다.

나는 2006년 여름방학 어학연수를 영국의 UNIVERSITY OF WESTMINSTER로 떠났다.

내가 영국으로 어학연수를 가다니!

2006년, 봄학기 기말고사가 끝났다. 지도교수님과 11명의 학생이 설레는 마음으로 영국으로 떠났다. 많은 시간 기도했다. 고심 끝에 떠나는 어학연수의 길이 꿈만 같았다.

런던에 도착하여 마련된 숙소로 갔다. 숙소가 버킹엄 궁에도 도보로 갈 수 있는 거리에 있었다. 영국에 왔음을 실감하게 하는 빅벤이 있는 국회의사당도 걸어서 갈 수 있었다. Bed and Breakfast 즉 아침을 제공하는 숙박시설이었다. 내가 한 달 머무는 동안 내 집이 되어줄 곳이었다.

학교는 숙소에서 조금 떨어져 있었다. 첫날은 가까운 곳에 있는 빅토리아스테이션에서 전철을 이용했다. 어마어마하게 넓은 역으로 기억된다. 전철을 타면 빠르긴 했다. 밖의 풍경을 볼 수 없는 아쉬움이 있었다. 둘째 날부터는 이층 버스를 이용했다. 버스를 타면 나는 2층으로 올라갔다. 런던 시내를 보기 위해서였다.

학교에서의 첫날은 레벨 테스트(level test)를 받았다. 도서관과 학교 시설을 이용할 수 있는 학생증 발급을 받았다. 여러 나라에서 온 어학연수생들과 같은 반이 되었다. 나라마다 영어를 배우려는 사람이 많다는 것을 실감했다. 같은 나라 사람을 한 반에 배정하지 않았다. 오직 영어로만 소통하게 하려는 학교의 규정이었다. 대한민국이 지구촌에 속해있는 한 나라임을 실감했다.

수업은 월요일부터 금요일까지, 오전 9시부터 오후 5시까지 있었다. 영어의 본고장 영국에 와서 대학교수로부터 강의를 듣는 것이 꿈만 같았다. 나는 하나도 놓치지 않으려고 정말 열심히 공부했다.

주말에는 각자 일정을 조정하여 런던을 중심으로 가볼 만한 곳을 찾아다녔다. 나는 어학연수 떠나기 전 영어회화 준비를 수원에 가서 한 적이 있었다. 그때 영국으로 떠날 준비를 하는 선교사를 만났다. 그 선교사가 나보다 먼저 영국으로 떠났다. 주말에 히드로공항 근처에 있는 선교사님 집을 방문했다. 혼자서 전철을 타고 찾아갔다. 지금 생각하니 용감한 정희였다.

주일에 몇몇 기독교인 친구들은 자기가 아는 선교사가 있는 교회로 예배드리러 갔다. 나는 혼자서 국회의사당 근처에 있는 감리교회를 찾아갔다. 찾아간 곳이 영국 감리교 본부 교회(Methodist Central Hall Westminster)였다. 한 달 동안 나는 그 교회에 가서 예배를 드렸다. 교회까지 걸어 다니면서 영국의 골목도 구경했다. 빅벤(영국 런던에 있는 국회의사당 하원 시계탑의 대형 시계)과 웨스트민스터 사원(고딕 양식의 거대한 성공회 성당) 주변도 산책했다. 버킹엄 궁(영국 런던의

웨스트민스터에 있는 왕궁)과 바로 옆에 있는 세인트 제임스 공원(St. James's Park)에도 가보았다.

공부가 끝나고 집에 오면서 마트에 들러 로메인 상추(Romaine lettuce·샐러드 등 양식에 쓰이는 상추)와 일식 식당에서 볶음밥을 샀다. 음식으로 인하여 고생하지 않고 행복하게 지낼 수 있어서 감사했다. 고마운 음식이었는데 이름이 기억나지 않는다.

나에게 주어진 황금 같은 기회를 소홀히 하지 않으려고 정말 열심히 공부했다. 한 달은 눈 깜짝할 사이에 지나갔다. 감사가 넘치는 한 달이었다.

이튼 스쿨과 윈저 성

큰아들이 중학교 2학년이던 1997년 5월, 내가 중학교 3학년 때 담임이셨던 은사님을 뵈었다. 나는 선생님께 우리 큰아이가 이제 곧 중학교 3학년이 되는데, 고등학교 진학이 걱정된다고 했다. 선생님은 "얘, 네 아들 공부는 잘하니? 공부 웬만큼 하면 공주 한일고등학교를 한번 알아봐라. 전교생 기숙사 학교라서 너같이 바쁜 부모들은 괜찮을 거다."라고 일러주셨다.

그 당시에 선생님의 아드님이 한일고에 다니고 있었는데, 그 얘기는 하지 않으셨다. 나중에 큰아들 담임선생님을 통해서 알았다. 내가 처음 한일고등학교에 큰아들 입학 상담을 갔을 때, 영국의 이튼 스쿨(Eton College)을 모델로 세워진 학교라는 설명을 들었다. 영국에 오니 문득 그 생각이 났다. 기회가 되면 꼭 가 보고 싶었다.

나는 어학연수를 준비하며 공부에만 신경을 썼다. 영국에서 가 볼 만한 곳에 관해서는 잘 알지도 못했고, 관심을 기울일 여유도 없었다. 주말에 친구들이 계획을 세워 놓으면 함께 다녔다. 학교에서도 몇 가지세워 놓은 일정이 있어서 몇 군데 더 다닐 수 있었다.

그중에 한 곳이 윈저 성이었다. 함께 간 친구들이 어느 주말에 윈저 성(Windsor Castle)에 간다고 했다. 나도 같이 갔다. 윈저 성의 고풍스러움과 유럽의 중세 문화의 찬란함을 볼 수 있었던 곳이다. 현재도 영국 왕실에서 휴양지로 사용하고 있는 성이라고 했다.

나는 그때까지 가 보고 싶었던 이튼 스쿨(Eton College)이 바로 윈저 성 근처에 있는 줄은 꿈에도 몰랐었다. 나는 윈저성에서부터 걸어서 이튼 스쿨로 갔다. 수업 중이라서 들어가 볼 수는 없었다. 밖에서 보기만 했음에도 감동은 컸다. 이튼 스쿨은 영국에서도 알아주는 명문 학교다. 한국의 한일고등학교가 영국의 이튼 스쿨 버금가는 명문 학교가되는 날이 오면 좋겠다.

서로 다른 나라에서 온 학생들과 영어로 소통하며 보낸 한 달의 경험이 나에게 주는 의미는 매우 컸다. 내가 어학연수 결정을 앞두고, 이러지도 저러지도 못하고 있을 때 한 성도가 와서 내게 용기를 주었다. 그때 그녀가 내게 했던 말대로, 내가 졸업 후 일을 할 때 어학연수의 경험은 내게 큰 도움이 되었다. 어학연수를 다녀올 수 있었던 것은 전적인 하나님 은혜였다.

누군가의 영어 공부에 마중물이 되어

어학을 공부하는 것은 사람과의 소통이 우선되어야 한다고 생각한다. 어학을 공부하는 자체가 목적이 되어서는 안 된다는 얘기다. 내가 현충사에서 외국인을 만나 답답했던 때를 생각하면, 소통이야말로 언어의 주된 역할인 게 확실하다.

나는 모국어인 한글이 무척 어렵다. 띄어쓰기도 맞춤법도 어렵다. 아직 모르는 단어도 많다. 그런데 소통하며 사는 데에는 지장이 없다.

그러니 더 말해 무엇 하랴. 영어는 아무리 공부해도 어렵다. 그러나 공부하면서 몇 가지 깨달은 것은 있다. 나보다 조금 늦게 관심을 두기 시작한 사람들에게 한 바가지의 마중물은 될 수 있겠다는 것이다. 또 한 가지는 한국어를 모르는 사람들과 세계 공용어가 돼 버린 영어로 몇 마디의 대화만 나눌 수 있어도, 그들과 친구가 될 수 있다는 걸 깨달은 것이다.

나는 말하기 연습이 필요했던 시점에 전화 영어로 공부한 적이 있다. 대전에 주소를 둔 사무실 직원에게 교재에 관해서 물었다. 전화기 너머에서 앳된 목소리의 여직원이 이렇게 말했다.

"아무리 훌륭한 하버드 대학교 교수가 쓴 책이라 해도, 본인이 공부하지 않으면 소용없어요. 본인의 머릿속에 들어가야 내 것이 되는 거예요. 일단 저희가 준비한 교재 받아서 공부해 보세요."

얼굴도 보지 못한 앳된 목소리의 여직원이었는데, 어떻게 이처럼 지혜로운 말을 할 수 있었을까. 그 여직원의 말은 내가 수업할 때 자주 인용하는 말이 되었다.

"선생이 아무리 잘 가르쳐도, 여러분이 하지 않으면 소용이 없고, 선생이 많이 부족해도 여러분이 열심히 하면 잘할 수 있습니다."

나는 대학 졸업과 동시에 초등학교 방과 후 영어 교사가 되어 1학년부터 4학년까지 가르쳤다. 학교 다닐 때 필수 과목 중에서 아동영어 지도에 관해서 두 학기 동안 집중적으로 공부했던 것이 큰 도움이 되었다. 나의 어릴 적 꿈이 교사가 되는 것이었다. 방과 후 영어 교사이긴 했지만 어릴 적 꿈이 이루어졌다. 하나님께 감사했다.

이어서 두 군데의 기업체에서 강의 요청이 왔다. 새벽예배 마치고 갈 수 있었기에, 목회 일정에 지장을 주지 않았다. 나는 영어와 친해지고 싶은 직원들에게 즐겁게 마중물의 역할을 했다.

교회에서는 교회학교 학생들에게 Bible song(성경 노래)과 Nursery rhyme(동요)을 가르쳤다. 학생부 영어와 Mom's English, NIV 영어 성경 등 여기저기 마중물이 필요한 곳으로 나는 달려갔다.

어느 날 남편이 말했다.

"하나님께서 이때를 위해서 당신을 공부하게 하셨나 봐."

수없이 고민하며 어려웠던 순간들이 주마등처럼 눈앞을 스쳐 갔다.

나의 꿈 그리고 나의 길

나는 이렇게 해서 중국어를 시작했다

내가 제2외국어 공부를 하려고 마음먹은 것은 노구치 유키오 동경대 교수가 쓴 『초(超)학습법』을 읽고부터였다. 그 책은 나에게 공부의 중요성을 가르쳐 준 소중한 책이다.

그가 쓴 내용 가운데 "외국어 공부는 몇 살이 되어도 할 수 있다."라는 한 문장이 나의 뇌리에 꽂혔다. 37세에 영어공부를 시작할 때, 내게 큰 용기를 주었던 책이다. 그 책을 읽으며, 언젠가는 영어 말고 다른 하나의 언어를 배워 보리라 마음먹었다.

제2외국어를 공부하고자 결심한 또 하나의 이유가 있었다. 우리 교회 NIV 영어 성경반에서 함께 공부하는 남자 성도가 있었다. 기계공학을 전공한 그는 기업체를 경영하고 있다.

한번은 그가 공부하는 노트를 보았다. 영어·중국어·일본어가 정갈하게 적혀 있었다. 일본어를 공부할 때는 책을 통째로 외웠다고 했다. 그 노트를 본 순간, '나도 할 수 있을까?' 도전해 보고 싶었다.

회갑이 되기 전해에, 나는 일본어 공부를 시작했다. 그러나 일본어 한자(칸지)를 만나면서 고민에 빠졌다. 1970년대 5년 정도 우리나라에서는 한자 교육이 중단되었던 때가 있었다. 나는 한자 교육을 받지 못한 세대다.

일본어 한자인 칸지가 너무 어려웠다. 처음엔 일본어가 히라가나와 가타카나만 알면 되는 것으로 생각했다. 나는 중국 한자가 무서워서 일본어를 시작했다. 그런데 일본어에도 무서운 한자의 벽이 가로막고 있는 것을 몰랐었다. 나는 생각을 정리했다.

기왕에 어려운 한자를 공부해야 한다면, 차라리 온통 한자로만 되어 있는 중국어를 먼저 공부해야겠다고 마음을 바꾸었다. 내가 일본어를 시작할 때 남편도 중국어를 권했다. 가끔 중국 교회에 강의하러 가는 남편이 중국어를 배우는 것이 더 유용하다고 말했다.

그럴 즈음 교회 성도의 회사 업무상 중국인 한 명이 한국에 왔다. 잠시 시간을 함께하면서, 나는 마음속으로 중국어를 배워야겠다는 생각을 굳혔다.

나는 이렇게 해서 제2외국어로 중국어를 시작했다.

나를 성장시켜 온 새벽 시간

사람들의 생활 방식은 저마다 다르다. 나는 새벽형에 속한다. 새벽 예배에 다녀와서부터 아침 식사 전까지는 나만의 시간이다. 하루 중에서 어떤 것에도 방해받지 않고 집중해서 공부할 수 있는 황금 같은 시간이다.

내가 영어 공부를 시작하기 전까지는 아침 운동을 했었다. 남편과 함께 학교 운동장에서 배드민턴도 쳤고, 아이들과 축구도 했었다. 공부를 시작하고 나서는 나의 일과에서 고정적으로 공부에 집중할 수 있는 시간을 확보하기란 쉽지 않았다. 유일하게 새벽 시간이 해답이었다.

뒤돌아보니 참으로 많은 시간이 흘렀다. 한결같이 새벽에 책상에 앉은 덕분에 언어를 비롯한 지적 호기심을 풀어 올 수 있었다. 나는 지금 세 가지 언어를 시작해 놓았다. 첫걸음을 떼었으니, 계속 성장시켜 나갈 것이다.

지금은 중국어 한자와 친해지기 위해서, 새벽 시간에 중국어로 된 동화를 공책에 쓰고 있다. 처음에는 보고 쓰는 것도 어려웠다. 한데 지금은 익숙해진 글자가 점점 늘어나고 있다.

나는 확신한다. 포기하지 않고 꾸준하게 하다 보면, 나는 분명 성장할 것이다. 내 책상의 컴퓨터 모니터 위에는 'consistency(일관성)' 단어가 붙어 있다. 이 말은 내가 나태해질 때 나를 정신 차리도록 해 준다.

하나님께서 허락하신 나의 삶을 사는 동안, 새벽 시간은 어김없이 나를 성장시켜 나갈 것이다. 꾸준하게 노력하면 오늘의 나보다 성장한 내가 된다는 것을 나는 알고 있다.

남들보다 더 잘하려고 고민하지 마라.
지금의 나보다 잘하려고 애쓰는 게 더 중요하다.

－ 윌리엄 포크너 －

"Don't bother just to be better than your contemporaries or predecessors. Try to be better than yourself."

－ William Faulkner －

일본어에 재도전하다

일본어를 중단하면서 시작한 중국어 공부가 재미있는 궤도에 올랐다. 매일 중국어 한자 쓰기를 하면서, 한자와도 어느 정도 친해지고 있다.

얼마 전에 친한 친구가 일본에 간다고 했다. 그 말을 들으니 일본어 한자가 어려워서 중단했던 일본어에 대한 호기심이 다시 일어났다. 정희가 일본어 배우면 여행 한번 가자던 고등학교 동창들과의 약속도 생각났다.

책장 한쪽에 처박아 놓았던 일본어 교재를 다시 꺼냈다. 히라가나·가타카나가 어렴풋이 기억났다. 놀라운 것은 일본어 한자에 대한 나의 반응이었다. 보기만 해도 눈앞이 캄캄했던 일본어 한자가 낯설어 보이지 않았다. 낙관적인 태도로 바뀐 것이다. 중국어 쓰기 연습을 하면서 한자와 조금은 친해졌나 보다.

한국·중국·일본은 같은 한자 문화권인데, 사용하는 한자가 각기 다르다. 나는 우리나라가 사용하는 한자(번체자)를 배우지 못했다. 중국 한자(간체자)는 번체자와 구별된다. 일본 한자(칸지)도 조금씩 다르다. 그러나 세 나라가 함께 사용하는 글자도 많다. 글자는 같은데 뜻은 다른 것도 있다. 각 나라의 말은 완전히 다르다. 공부하면 할수록 참으로 묘하고 신기하다.

어학을 공부하는 것은 재미있다. 한국말을 모르는 사람들과 소통하는 즐거움이 있다. 사람과 만남이 중요한 것이지, 공부 자체가 목적은 아니다. 얼굴을 맞대고 만나는 만남이든지, 책을 통한 만남이든지 결국엔 사람과의 소통을 위한 것이다. 하나님은 나에게 영어와 중국어를 통해서 아름다운 만남을 허락해 주셨다.

일본어를 통해서는 어떤 만남을 예비하셨을까 자못 궁금해진다.

나의 책상·나의 책·나의 책가방

나의 침대 머리맡에는 커다란 책상이 있다. 남편이 쓰던 책상이다. 2004년 새 예배당을 짓고 이사하면서 교회 사무실에 새 책상을 들여놓았다. 버린다고 하길래 내가 가져다 쓰고 있다. 책상 가운데에 컴퓨터 모니터가 있다. 오른쪽에 프린터가 있다. 왼쪽에는 공부해야 할 책들이 잔뜩 쌓여 있다.

쌓여 있는 책들 위에 항상 윗자리를 차지하는 두 권의 책이 있다. 한 권은 내가 나태해질 때마다 펼쳐 보는 책이다. 아무 데나 펼쳐 놓고 읽어도 정신이 번쩍 난다. 나태하던 마음이 사라지고, 감사하며 공부를 계속하게 해 주는 책이다. 일본의 노구치 유키오, 동경대 교수가 쓴『초(超)학습법』이다.

다른 한 권은 조이스 박이 쓴『하루 10분 명문 낭독 영어 스피킹 100』이다. 세계 각처의 명사들의 주옥같은 명언 100문장을 선정해서 정리해 놓은 영어 학습서다. 이 책은 영어 학습에 그치지 않는다. 이 책을 통해서 삶의 지혜를 얻는다. 이 책 또한『초(超)학습법』과 함께 수시로 나를 일깨워 주는 고마운 책이다.

이밖에, 중국어 교재와 일본어 교재가 손을 뻗으면 닿을 자리를 차지

하고 있다. 성경책과 더불어 매일 손이 가는 책들이다. 자전적 에세이를 쓰고 있는 요즘에는 글쓰기에 관한 책도 가까이 있다. 머리맡에 책상이 있어 공부할 수 있으니 감사하다.

또 하나, 나에게 빼놓을 수 없는 소중한 보배가 나의 방 안에 있다. 바로 어깨에 멜 수 있는 투박한 검은색 백팩이다. 2002년 큰아들 대학 입학 기념으로 내가 사 준 가방이다. 작은아들 손을 거쳐서 나에게 왔다. 아들이 안 쓴다고 버리지 않고 집으로 가져온 마음이 기특하다. 나는 외출할 때도 책을 가방에 넣고 다닐 때가 많다. 이 책가방은 책을 가지고 다니기에 아주 좋다. 얼마 전에 어깨끈 부분이 헤져서 꿰맸다. 두 아들의 책을 담아 날랐던 검은색 책가방은 내 몸의 일부처럼 되었다.

우리 집 안방은 그야말로 다목적 공간이다. 책꽂이 옆에는 우쿨렐레와 보면대가 세워져 있다. 컴퓨터로 어학 듣기를 하면서 스트레칭을 한다. 메디신 볼을 이용해 근력 운동을 한다. 침대에 발을 대고 팔굽혀 펴기를 한다. 어학 듣기 훈련은 이 시간에 병행하면 좋다. 나는 이 모든 것을 공부로 생각한다. 따로 나누어서 할 시간이 없을 땐, 이렇게 듣기를 하면서 운동을 하면 된다. 나는 나의 부족한 시간을 이렇게 활용한다.

"아무리 나이가 많아도 공부는 할 수 있다. 공부를 시작하기에 너무 늦은 때는 없다. 인간은 몇 살이 되어도 학습에 의해서 진보하는 동물이다." 『초(超)학습법』 24쪽 하단에 있는 글이다. 내가 하고 싶은 말이다. 하나님 나라에 가는 순간까지 성장할 수 있는 비결은 바로 공부하는 것이다. 나의 책상·나의 책·나의 책가방은 언제나 나를 응원해 주는 좋은 친구들이다.

나의 꿈 그리고 나의 길

지금까지 나는 내가 걸어온 발자취를 돌아보며 글을 썼다. 내게 주어진 삶의 자리에 충실히 하려고 노력해 왔다. 갈급한 지적 호기심을 채워 보려고 노력해 왔다. 앞으로의 나의 삶도 별반 다르지 않을 것이다.

나는 언어에 대한 호기심이 많다. 내가 만난 언어들을 생각해 보았다. 우리가 사는 지구에는 수많은 언어가 있다. 우리는 자랑스러운 한국어를 사용한다. 다른 언어에도 관심이 많은 나는 영어·중국어·일본어 세 가지 언어에 호기심을 갖고 배우려고 도전하고 있다.

첫 번째로 영어를 배우려고 많이 노력했다. 영어를 공부하면서 몰랐던 것을 깨우치는 재미를 알았다. 새롭게 중국어와 일본어를 시작했다. 한자와 연관이 있는 한국어·중국어·일본어의 관계가 흥미롭다.

처음 중국어 발음을 공부하며 신기했던 것은 중국어에 영어의 [f] 발음이 들어 있다는 점이었다. 서로 다른 언어에 공통점이 있는 것이 재미있다. 앞으로도 이 세 가지 언어를 계속 공부해 나갈 것이다.

지금까지 배운 것을 활용해서 해 보고 싶은 일이 있다. 어린이들에게 영어 동화를 읽어 주는 일을 하면 좋겠다. 어린이들에게 동화책 읽어 주는 나를 생각해 본다. 내가 교회학교에서 영어·중국어·일본어 노래를 처음 만났던 것을 기억한다. 나도 그런 역할을 해 줄 수 있다면 좋을 것이다.

가르치는 일을 계속하기 위해서는 내가 먼저 더 열심히 노력해야 한다. 우쿨렐레를 더 잘 가르치기 위해서 공부를 게을리 할 수 없다.

나에게 이미 주어진 숙제가 하나 있다. '국토 종주 자전거길' 완주다. 20·30대의 젊은이는 아니지만, 체력을 잘 유지하면 불가능한 것은 아니다. 체력 단련을 열심히 해야 할 것이다.

나는 앞으로도 배우면서 가르치는 일을 계속하고 싶다. 내가 그동안 공부했던 언어의 분야에서 필요한 사람들에게 도움이 되고 싶다. 나에게 있어서 배우고 가르치는 일은 곧 살아 있다는 의미다. 배움의 자세는 생명이 끝나는 순간까지 성장할 수 있는 비밀 무기다. 나는 지금까지 하나님께서 예비하신 길을 따라 달려왔다. 나의 앞길도 하나님께서 내 마음의 소원을 주시는 대로 달려갈 것이다. 나에게는 꿈이 있고 내가 달려가야 할 길이 있다.

글쓰기를 마치며

글을 쓰면서 나의 사랑하는 가족에게 가장 미안했다. 가정에서 아내로서, 엄마로서 제 역할을 다하지 못한 미안함이다. 사랑하면서도 그 사랑을 다 표현하지 못한 것에 대한 미안함이다.

나는 초등학교 1학년 교육을 제대로 받아 보지도 못한 채 2학년으로 전학했다. 고등학교도 2년 늦게 입학했다. 대학은 또래보다 26년 늦게 입학했다. 글쓰기마저도 다른 사람들보다 한 달 늦게 시작했다. 늦게 시작하였기에 극복하는 어려움은 있었다. 그러나 포기하지는 않았다. 늦었다는 이유로 포기하고 시도하지 않았다면, 지금의 나와는 다른 내가 되었을 것이다.

글을 쓰면서 어려웠던 그 시절로 돌아가 펑펑 눈물을 쏟기도 했다. 힘들었던 고비마다 길을 열어 주시고 인도해 주신 하나님의 사랑이 가슴 가득 느껴졌다. 나의 인생을 돌아보니, 어느 것 하나 하나님의 인도하심이 아닌 것이 없다.

내 삶을 돌아보며 글을 쓰면서 마음 한편으로는 내가 겪어 온 일들을 다 기록할 수도 없는데 어떤 의미가 있을까 생각했다. 하지만 지나온 삶의 현장에 다시 서 보며 부족했던 것을 반성하는 계기가 되었다. 때로는 마음의 상처가 치유되는 느낌도 있었다. 지금까지 내 인생길에서 만난 모두가 나의 스승이다. 부족한 나의 글이 세상에 나올 것을 생각하니 부끄럽고 두려운 마음도 있다. 겸허한 마음으로 내 삶에 함께해 주신 모든 분께 감사를 드립니다.

언제나 가장 좋은 길로 인도해 주시는 하나님께 모든 영광을 돌립니다.

나의 꿈 그리고 나의 길

ⓒ 윤정희, 2023

초판 1쇄 발행 2023년 12월 1일

지은이   윤정희
펴낸이   이기봉
편집   좋은땅 편집팀
펴낸곳   도서출판 좋은땅
주소   서울특별시 마포구 양화로12길 26 지월드빌딩 (서교동 395-7)
전화   02)374-8616~7
팩스   02)374-8614
이메일   gworldbook@naver.com
홈페이지   www.g-world.co.kr

ISBN   979-11-388-2535-1 (03810)

- 가격은 뒤표지에 있습니다.
- 이 책은 저작권법에 의하여 보호를 받는 저작물이므로 무단 전재와 복제를 금합니다.
- 파본은 구입하신 서점에서 교환해 드립니다.